和　解

マーガレット・ウェイ
中原もえ 訳

ALMOST A STRANGER

by Margaret Way

Published by Harlequin Japan,
a Division of K.K. HarperCollins Japan, 2025

マーガレット・ウェイ

息子がまだ赤ちゃんの頃から小説を書き始め、執筆しているときが最も充実した時間だった。楽しみは仕事の合間を縫って画廊やオークションに出かけることで、シャンパンには目がなかった。オーストラリアのブリスベン市街を見下ろす小高い丘にある家に暮らしていたが、2022 年 8 月、惜しまれながら 87 年の人生に幕を下ろした。1971 年にデビューしたミルズ & ブーン社で、生涯に 120 作を超えるロマンスを上梓した。

◆主要登場人物

スカイ・ファレル……………広報関係のコンサルタント。
サー・チャールズ・メイトランド……スカイの祖父。会社経営者。
ウォーレン・メイトランド……スカイのいとこ。
ジョー・アン・メイトランド……スカイのいとこ。
ジェレミー・フィリップス……スカイのボーイフレンド。
ガイ・リアドン……………会社重役。
アントーニア・リアドン……ガイの母親。
アンドリエンヌ・リアドン……ガイの妹。

1

最後の一台が遠ざかっていく。スカイはジェレミーと並んで、小さくなっていく車を見送った。黄金色に近い黄色、深紅、銀色がかった微妙な色合いを見せるピンク――今を盛りと咲き誇るばらの香りに辺りはむせ返るようだ。荒れた土地をこんなすばらしい庭に仕上げたのも父だった。これからはばらの香りをかぐたびに今日の絶望を、胸の痛みを思い出すことになるのだ。

雲一つない抜けるような青空と道行く人が必ず足をとめるほど見事に花をつけたのうぜんかずらの木。なんて皮肉なのだろう、今の気持には曇り空と冬枯れの木立のほうがずっとふさわしいのに……。

「かわいそうに！　でも、元気を出すんだよ」ジェレミーはスカイの頭を胸に抱き寄せた。

スカイ・ファレルはジェレミーにもたれかかって目を閉じた。ジェレミーが愛してくれているのはわかっていたが、それが何になろう？　広い世界に独りぼっち。この絶望から救ってくれるものは何もないような気がする。

「君を一人にして行きたくないよ」ジェレミーのつらそうなつぶやきを聞きながらスカイはゆっくり体を離した。「よりによって今日が公判だなんて。スカイ、横になってやすんでいてくれるね？」

「私なら大丈夫。あなた、もう行かなくちゃ」泣きすぎて声はがらがらにしわがれている。

「ファイオナかキャシーに来てもらったら？」

「でも、あの人たちも仕事があるもの。それに、一人でいたいの。慰めてもらいようもないほど独りぼっち。だから……」

「独りぼっちだなんて……僕がいるじゃないか。君とお父さんがどんなに仲がよかったかは知っているよ。でも、今度は僕がお父さんの代わりさ。君を愛しているんだ」スカイの頬に軽くキスをする。

「そうだったわね」ジェレミーが本気で言っているのはわかっている。でも……。「もう行ったほうがいいわ。でないと遅刻よ」

「ああ、行くよ」この辺りで一、二と言われる大きな法律事務所に勤めているジェレミー・フィリップスはまだ駆け出しで、自由のきく立場ではなかった。「でも、顔色が悪すぎるよ。気になるな」

見上げた大きなすみれ色の目は悲しみと苦痛に、いつにも増して大きく見えた。「大丈夫よ、本当に」

「とにかく、無理だとは思うけど元気を出して。終わりしだい帰ってくるからね。いいかい、いつもそばにいるよ」

せっかくの慰めの言葉もなんの意味もなかった。

「母さんのところに行っていればいいのに。母さんは君のことがとっても気に入っているんだよ」

好意はわかるが、とてもそういう気にはなれない。心からの言葉にしろ、ミセス・フィリップスの〝いいお葬式をね！〟には参ってしまった。

もう一度さよならのキスをして、ジェレミーはしぶしぶ車に乗り込んだ。「睡眠薬を飲んで少し眠ったら？　つらいのはわかるけど、お父さんだって君がいつまでも悲しんでいるのは喜ばないと思うよ」

悲しみのあまり感じやすくなっているせいか、どうもジェレミーの言い方やしぐさにミセス・フィリップスがだぶって見え、癇にさわる。

「一日くらい悲しんだってかまわないでしょう！」心から気遣ってくれているのは本当にしても、ジェレミーはスカイの崇拝に似た父への愛情を快く思ってはいない。つき合い始めてからもうじき一年、ハンサムで野心家の——ミセス・フィリップスに言わせると〝どんな人でもとりこにするほど魅力的〟な——ジェレミーは何度となく、父とべったりつきすぎるとほのめかしていた。

〝わかるよ、事情が事情だからね。でも、もういい加減に親離れしなくちゃ〟ジェレミーも母親と二人暮らしだが、自分はその点では問題ないと思っているらしい。

銀色のボルボを見送ってから石を敷きつめた小道を玄関に向かって歩いていくうちに、再び涙で目の前がかすんでしまった。才気煥発、打てば響くスカイだったのに。〝本当にねえ、女の子が政治に興味を持つなんて！〟とミセス・フィリップスも言っていた。今はそんな元気もどこへやら、一人でいるのが怖い。ほんの二週間前までは父と笑い合っていたのに……。

心の中にぽっかり穴があいてしまったようだ。いつになったら、これも運命だとあきらめて受け入れられるようになるのだろう？　特別な事情もあるが、何よりも父譲りの愛情深い性質のせいで、二人はめったにない――ジェレミーがやきもちをやくほど――仲のいい親子だった。父はジェレミーをあまり買ってはいなかったが、娘の目を信じて干渉しようとはしなかった。

大好きだったこの家も今は空っぽ。開いたままの玄関が暗闇への入口のような気がして、スカイは足をとめた。父のためにも今までどおりきちんと生活していかなければ。だが、思い出多いこの家ではとてもできそうにない。父が丹精した美しい庭、初夏の香りにむせ返るほどのこの庭も、見るのがつらい。疲れきったスカイは石のベンチにくずおれるように腰を下ろした。もともとやせていたのがこの二週間でまた何キロもやせ、痛々しいほどだ。健康で一日も寝込んだことのなかった父が、心臓の発作でこんなにあっけなく亡くなってしまうなんて……。

だれかがこちらを見ている――視線を感じて顔を上げると、道の向こう側にとまっている大きなリムジンから男性が降りてこちらに歩いてくる。

背が高く、肩幅の広い引き締まった体つき。どこかで見た覚えがある……そう、参列者の中にいた人だ。父が講師をしていた大学関係の人だろうと思っていたが、違うようだ。なんとも言えないこの独特の雰囲気――彼は別世界から、祖父の世界から来た人に違いない。

悲しみや苦痛をのみ尽くすほどの激しい敵意に、自分でも驚きながらスカイはゆっくり立ち上がった。

「だいぶ長い間私を見ていらしたわね?」憎しみには並々ならぬ力があるらしい。スカイは目の前に立った男性にはっきりとした普通の声で――再びこういう声で話せるとは思ってもいなかった――話しかけた。

「ミス・ファレルですね?」

「よしてください! 私がだれかくらいご存じのはずです。お葬式にいらしてましたね?」

「ええ。でも、あのときはお話をする機会がなかったもので」氷のように冷たい光を潜めたグレーの目がじっと見つめている。「ガイ・リアドンです。お祖父様のサー・チャールズ・メイトランドに代わってこちらにうかがいました」

そんなことは聞かなくてもわかっている。「お祖父様？　それはご丁寧に。で、サー・チャールズが何か？」

「あなたのことをそれは心配しておいでです」

「そらぞらしい！」驚くほど体じゅうが怒りに震えている。「今まで孫がいることにも気がつかなかった方がですか？」

「実にむずかしい状況でしたからね」胸に突き通るようなグレーの目、表情のない顔、緊張をはらんだ空気に、強いばらの香りまでうせてしまったようだ。

「勝ったのは父です」スカイは皮肉な声で言った。「どうやったのかは存じませんが、結果的には父は大成功でしたわ！」

「すべて水に流すのは無理ですか？　過去は過去でしょう？」

「よくもそんなことが！」スカイは思わず一歩踏み出した。「少し虫がよすぎやしませんか？　お見受けしたところ、女性なんて小指で一ひねりって感じですけど、私はそうはいきませんから。二十二年間もきれいに忘れていて、今になって祖父ですって？　よりによって、父の埋葬の日に思い出すなんて！」

「つらいんですね？」

「ええ、当たり前でしょう」スカイは髪を揺すり上げた。もちろん憎らしいのは憎らしいが、困ったことに目の前の男性には逆らいがたい魅力がある。

「話を聞くだけでも聞いていただけませんか？」

「話ですって？　話し合うことなんて何もありませんわ、ミスター・リアドン。人間らしいところのこれっぽっちもない祖父のことを話すなんて……」

「そうですか。じゃ、お祖父様の側からの釈明には少しも興味がないというわけですね？」

「そのくらいのことを知らないと思っていらっしゃるの！」かっとして夢中で叫んだ拍子にふっと意識が薄らぎ、ガイ・リアドンがとっさに腕を差し伸べなかったら、そのまま倒れるところだった。

「ゆっくり深く息をするんだ、スカイ」大きな手からぬくもりが伝わってきて、スカイは一瞬、今の惨めさを忘れた。「どう、少しよくなったかい？」

「ええ」

「落ち着くんだ、ちびさん。そうじゃないと、とんでもないことになるぞ」

何かが燃え尽きてしまったようで、とても言い争う気力はなく、ぼうっとしていると、ガイ・リアドンは少しもためらわず、スカイを抱き上げ、そのまま家に入っていった。

「どうも」居間のソファの上に下ろされて、スカイは硬い声で言った。

「ブランデーか何かないかな?」部屋の隅にあるエキゾチックな彫刻の施された中国製のキャビネットを見つけたガイはつかつかと近づいていった。

「私、飲めないんです」

「それはよかった。今の状態で酔っ払ったりしたら、それこそどうなることやら」

グラスを受け取るとき指が触れ合い、たちまちもやのかかっていたような頭がすっきりした。

「ゆっくり飲むんだ」

「だめ、一息じゃないと飲めないの」液体の通り過ぎたところが焼けつくようで、スカイは思わずあえいだ。「飲みつければ慣れるんでしょうけど」

「よし、しばらく横になって」ガイ・リアドンはスカイをいくつも積み重ねた絹のクッションに寄りかからせるようにした。

「それにしても、お母さんに生き写しだ」髪から顔へ、そして全身をさまよっていく銀色がかったグレーの目に、どうしたわけか体が震えてくる。

「母を覚えていらっしゃるなんて、そんなはずはありませんわ、ミスター・リアドン」自信にあふれ、堂々としてはいるが、彼はどう見ても三十三、四歳といったところだ。

「ところがそうなんだ」会って初めてガイはにっこりした。「今でもはっきり目に浮かぶよ。世界一美しい人だと思っていた。もしかしたらあれが僕の初恋だったのかもしれないな」

「なんてすてきなんでしょう！　そのおっしゃり方からすると、それからもずいぶんたびたび恋をなさったようね」

「毎日、いや、一時間ごとと言ったほうがいいかな。二十代になるまではそんな具合だったよ」肘かけ椅子を引き寄せ、ガイは腰を下ろした。こうして近くにいると、強烈な磁力のようなものがびりびりと伝わってくるようだ。「少しよくなったようだね？」

「秘密なんですけど、言いましょうか？」スカイは大きく息を吸い込んだ。「私、怖いんです」

「そうは見えないよ」

「それは見えないようにしてますもの。でも……」

「どうして？　わけを教えてくれないかな？」

「世界じゅうがひっくり返ってしまったみたいなの」さっきからまぶたがひりひりしていたが、涙がせきを切ったようにあふれ、抑えようとしても抑えられない。スカイは炎のような赤い髪を乱してひんやりしたクッションに顔を埋(うず)めた。

「スカイ、じきにまた、君の世界はもとどおりになる。平和で公平で喜びに満ちた……」

「公平ですって？　何が公平なの？　父にとっては容易なことじゃなかったのよ、赤ちゃんを一人で育てるなんて。それなのに、お金持の祖父は何をしてくれたの？　いいえ、何かしてくれるどころか、母が亡くなって父に残されたのは私だけだっていうのに、そのたった一つのものまで取り上げようとしたじゃないの。父が私の養育権を求める裁判に勝てたなんて奇跡だわ」

「いくら利口で分別のある人間でも感情的になるととんでもないばかげたことをするものなのさ、スカイ。君のお母さんが亡くなったとき、お祖父さんは傍目にも気の毒なくらい苦しんだ。なにしろ目の中に入れても痛くないほどのかわいがりようだったからね」

「気に入らない結婚をしたからというだけでほうり出すのがその目の中に入れても痛くないほどのかわいがり方なの？」

「お祖父さんはすっかり慌ててしまったんだよ。君のご両親は二人共、まだとても若かったからね」

「いいえ、自分たちのしたいことがわかる程度には大人だったわ」

「君も子供を持ってみれば、どんなものかわかるだろう。涼しい顔で理屈に合ったことばかりしちゃいられなくなるさ」

「じゃ、あなたは？　賢くて分別があって、絶対に間違いはしない？」

「今は僕のことを話しているんじゃない」低い声には鋼の鋭さが潜んでいた。

「いやなことを蒸し返すのはやめて和解を考えるわけにはいかないかな？　お祖父さんを罰したいというんなら……もう充分、罰は受けている。君は色眼鏡で見ているんだよ。お祖父さんは君のお母さんが亡くなった日から、君を引き取りたいと願っていた。娘を亡くした悲しみが憎しみに変わった、ここのところを否定しようとは思わないよ。君も知ってのとおり、お祖父さんはお母さんがあんなに若くして亡くなったのはお父さんのせいだと非難してきたからね。苦痛があまり大きいと人間はいろいろばかなことをするものなんだ」

「苦痛？　そうかしら、罪の意識っていうのはどう？　気がとがめたから父を憎んだとも考えられるんじゃない？」

「そうだな、たぶんその両方だろう。でも、どうだい、もうピリオドを打つことはできないかな？」

「よりによって今日？」にらみつけていた相手の顔が涙でぼうっとにじんでいく。「別に、祖父を憎んでいるわけじゃないわ。かといって、愛することもできないんですもの、仕方ないでしょう？　私の許しが欲しいのなら、どうぞ、祖父にお伝えください、私は許していますって。でも、会ってもどうしようもありません。父は亡くなったし、何もかも終わったんですもの」

「そんなふうに言わないで、スカイ！」

スカイ――声のせい、それともアクセントだろうか、ガイに呼ばれると妙に胸が震える。

「いいえ、言うわ。当然のことですもの」

「なるほど、実に寛大だよ、君は。お祖父さんは一度だって君に残酷なことをしようと思ったことはない。今度しようとしていることは……立派だよ」

「そう？」人の気も知らないで目の前で平然と話し続けるガイが急に憎らしくなって、スカイは嘲るように言った。「あなた、お祖父様に似ているんじゃない？　私、あなたたちみたいな人って大嫌い」

「人を見抜く目があるって言いたいんだね？　独りよがりで信じ込んでいるんだ、君は」

「あなたは信用できないわ、ミスター・リアドン。祖父の味方ですものね」

グレーの目がきらりと光った。「どっちの味方でもない、僕は僕だ。ここに来たのはお祖父さんのためだけど」

「何かあるのね？」

「まあね。うちとお祖父さんのところとはちょっと因縁がある。妹と君のいとこのウォーレンは婚約中だし」

「今年の十大ニュースの一つってわけね」

「そういうことになるかな」浅黒い厳しい顔に再びあの魅力的な笑顔が浮かんだ。

「私のいとこのウォーレンていう人もあなたの妹さんも知らないけど、きっと別世界の人なんでしょうね。いとことといっても、この二十二年間、一度も、たった一行の手紙さえよこしたことないのよ！」

「君のほうは何通も出した?」

「そんなことができる立場じゃないでしょう?」

「いとこも君と同じで大人たちに言われたようにしてきたんだと思うね」

「いとこなんてどっちでもいいわ」大きなすみれ色の目に嘲笑(ちょうしょう)を浮かべてスカイはゆっくり立ち上がった。「ほかにまだ何かあります?」

「ああ。人生を台なしにしちゃいけない」

「私の人生は私の問題です。あなたがなぜ祖父の歓心を買おうとしているのかわかるような気がするわ。でも、協力するわけにはいきません。せっかくいらしたのに、時間のむだでしたわね。本当に、人生ってナンセンスよ、いい人たちが早く死んで……」

ガイはごく自然に手を差し伸べて、当たり前のようにスカイを引き寄せた。「落ち着いて、スカイ。君の言い分を聞こう」

今の気分は、台風の目の中にいるようだ。辺りは危険なほど騒がしいのに、そこだけ死んだように静まり返っている。この人に慰めることなんかできるはずがない。もう私にとってこの世には慰めなどないのだから。けれど、こうしてがっしりした腕に支えられていると……。

「お父さんのことは本当になんて言ったらいいか……君の気持はわかるよ、僕の父も僕にとってかけがえのない人だったからね。あのときは皆に〝時がたてば〟って言われたものだ。僕も君に同じことを言うしかないんだよ、スカイ。時が癒してくれる、これは本当だよ。今はお祖父さんとの仲直りを考えるんだ。さあ、僕を見て」

逆らう気力もなく、顔を上げたが、まるで催眠術にでもかけられたようだ。そして、ガイもこのことに気づいている。

「お祖父さんは一日も君のことを忘れた日はなかった。いくらもいろんな話ができるけど、今はそんなことは聞きたくないだろう。だから、またにするよ。とにかく君にはお祖父さんが必要なんだ」

「必要ないわ」

「それに、お祖父さんも君を必要としている」

「そんなはずはないわ。〝やぶをつついて、へびを出す〟ってことわざを知っているでしょう?」

「お祖父さんは君に借りがあると思っているんだ」

「だったら……おしるしばかりの小切手でも書いてくれたら? そうそう、ついでにあなたの分もっていうのはどう? だって、あなた、とっても説得力があったもの」

「これが別のときだったらおしりの一つもたたいてやりたいところだが、今は、君にはちゃんとした食事が必要だ」

「ええ、あなたがお帰りになったらすぐ」

「でも、ここにはろくなものはないだろう？　独りぼっちで何もする気がないときはそんなものだ」

「私……」

「静かなところで食事をしよう。君、何日もまともに食べていないみたいじゃないか」

「何日どころか、何週間もよ。いいわ、お食事がすんだら帰ってくださるわね？　言い争う気力はないの。あなたはとっても頭のいい方らしいけど、信用できないわ。自分のことは自分でなんとかします。祖父の話はもう聞きたくないわ。手遅れなのよ」

　黒のドレスをブルーの絹に着替え、豊かな髪をよくブラッシングする。これで外見は少しましになったろうか？

　河沿いのレストランの眺めのいい席に落ち着くと、なんとも妙な気分になってきた。こんなふうに赤の他人と親しげに向かい合っているなんて。なんの前触れもなく突然スカイの人生に入り込んできたガイ・リアドン。だが、不思議なことにほとんど抵抗感がない……。

「嫌いなものはあるかい？」

「別に」

「じゃ、僕が注文してもいいね？」軽く合図するとすぐにウエイターではなくシェフが近づいてきた。ある人々には生まれながらに備わった力というものがあるらしい。そのおかげで、ガイはこのレストランでも普通以上のサービス――例えば、一番いい席、シェフの熱心なアドバイス――を受けている。

そつのない軽いおしゃべり、そして、すばらしい料理の数々。けれど、いくらすてきな食事でも、今のスカイには楽しむ余裕などなかった。

「ごちそうさま。これ以上はもういただけないわ」

「そう。じゃ、コーヒーにするかい？」

「ええ、お願い。いくつか質問していいかしら？」

「いくつだい？」にっこりすると、まるで顔立ちが変わる。何度でも見たいとても魅力的な笑顔だ。

「私がお祖父様のプランどおりにすると思っていた？」

「まだどんなプランか聞いてもいないじゃないか」

「そんなもの、本当はどっちでもいいのよ」

「過去は過去、もう過ぎたことなんだ」ガイはテーブルに置かれたきゃしゃな指にそっと手を触れた。「とにかく、お祖父さんは今、償いをしようとしている」

「お金のこと？」指先だけでも触れていると安心する。もうしばらくこうしていてもいいだろう。

「お金は嫌いかい？」

「いいえ。ただし、自分のならね。働いてお金を手に入れるのはすばらしいことだわ」

「ジェームズ・ヘンダーソンのところで働いているんだね？」

「よく調べたわね！」普通の食事をしたせいか、いくらか打てば響くいつものスカイらしくなってきた。

「あの若さであれだけ成功したとなると、ヘンダーソンはなかなかの男だ」

「大切なのは目標を決めてそれに近づいていくってことよ」

「それに運もある」

「運ですって？」スカイは鋭く光るグレーの目をじっと見つめた。「でも、あなたは祖父のところで重要な地位にいるんでしょうけど、好運の助けは借りなかったらしいわね」

ガイは挑戦するようなまなざしをしっかり受けとめた。「一時期、僕の家族と君のお祖父さんは敵同士だったんだよ。大企業の内部事情については全然知らないらしいな。そうでなければ聞いたことくらいあるはずだからね」

「どうして聞かせてくれないの？」

「君が君だからさ。それに、いつか僕が君の一家にとどめの一撃を……そんなこと聞きたくないだろう？」

「そんなことないわ、あの人たちにはいい薬よ。私には伯父様といとこが二人いるんだったわね？」

「ああ。伯父さんのジャスティンとその奥さんのフェリシティ、息子のウォーレンに娘のジョー・アンだ。お祖父さんと一緒に暮らしている」

「でも、だれ一人、私のことを思い出しもしなかったのね?」

「忘れないでくれ、君のお父さんがいたんだよ。百万回プレゼントを送ったところでお父さんは送り返したに違いない」

「そうかしら? 信じられないわ。じゃ、百万個のプレゼントをもらったとして、それから?」

「お父さんのほうが一歩も譲らないどころか……いいかい、もう二度とお祖父さんとは口をきかないって誓ったんだよ。だから、もちろん、君と会うなんて論外だった」

「よくわかったわ。あなたは父のことをこれっぽっちも知らないんですものね」父を非難するような言い方をするなんて! かっとして頬を染めたスカイは少女のように見えた。

「立派な方で大学関係の人たちにはずいぶん高く評価されていたと聞いているよ。それから、とても孤独だったってことも」

「違うわ、私がいたもの!」

「そう、君はお父さんの生きがいだったんだろうな。とても深く愛し合っていると、相手を亡くしたとき、残されたほうはもうもとどおりには生きていけなくなることがある。僕の母がそうなんだ。五年前に父が亡くなって……もちろん、悲しみからは立ち直ったけどね、前とは違う人みたいだよ」

「いいえ、お母様はもとどおりになれるわ、お孫さんの顔を見れば」こんな立ち入ったことを言うつもりはなかったのに、言葉がひとりでに出てしまった。

「そうかもしれないな」

「奥様は？」

「いない」

「そう」

「父と母は幸せだった。でも、そう思うようになったのは最近だな」

「まあ、でも、妹さんとウォーレンはどうなの？」

「君のお祖父さんは大賛成だ」

「あなたは？」

「まあまあさ」ガイは再び人をとりこにするようなあの笑顔を浮かべた。「幸せになってくれるといいと思っているよ」

「で、ご自分はどうなの？」

「こういう話題はあまり好きじゃないんだけどな」

「だけど、跡継ぎがいるでしょう？　あなたのそのとどめの一撃が成功しなくても、息子がやってくれるかもしれないわ」

「なるほど、赤毛の女の子は言いにくいことをずばりと言うって聞いてたけど、どうやら本当らしい」

「まあ、どうでもいいことよね。私たち、もう二度と会うことはなさそうですもの」

「いや、そんなことはない。また会うさ。初めからなんとなくそんな気がしていたんだ。復讐劇なんて時代遅れもいいところだ。それに、お祖父さんも以前とは違ってこのところずいぶんくたびれている」

「あなたのほうは今が盛りで力があふれている？」

「鋭いな」

「そうよ、仕事できたえてあるの」

「頭もいいし、有能このうえないね」

「まさか……ジェームズのところで調べてきたんじゃないでしょうね？」

「君が心配するようなことは何もしていないさ」

「彼と話をして……圧力をかけたんでしょう」

「まさか。ヘンダーソンとは何回か会った。タフだし、いいやつだ。でも、君のことをあれこれきいちゃいないよ」

「それはどうも」

「実を言うと、尋ねるまでもなく、彼のほうから話しだしてね。君の能力はお祖父さん譲りだろうって言っていたよ」

バッグをわしづかみにして立ち上がると、スカイはガイをにらみつけた。「ごちそうさまでした、ミスター・リアドン。でも、そんなにお礼を言うにはあたらないかもしれませんわね。どうせ経費として請求なさるんでしょうから。スパイをされるのも、どうにでもなるおばかさん扱いされるのもごめんです。何もしてほしくない、祖父にはそうお伝えください。今までずっと知らん顔で、それを今になって急に……そうはいきませんから。そうそう、私のことを気にするより、あなたに用心するよう、あなたの口から忠告してあげたら？」

話している間にだんだん興奮してきて、思わずよろめき、危うくウエイターにぶつかりそうになってしまった。

そのまま逃げるようにドアに向かうと、シェフが素早く開けてくれた。恋人同士のちょっとしたいさかい。美しい女性、ことに赤毛の女性はかっとなりやすいが、どうせすぐに仲直りするに決まっている。シェフの心得顔はそう語っているようだった。

疲れと心労、何もかもが一緒になって、スカイは無我夢中で歩いていった。今にも追いつかれ、腕が伸びてくるに違いない。不安と……これは期待だろうか？　気持の収拾がつかず、ますます混乱してきた。と、そのとき通行人が叫び声をあげた。はっと目を上げた瞬間、体が凍りついてしまった。車だ！　角を曲がった赤いクーペが突進してくる。よけなければならないのに、手足が自由にならない。へびににらまれたかえるのようにぼうっと突っ立っていると、いきなり抱き上げられ、次の瞬間スカイは街路の安全地帯に投げ出されていた。

金属のこすれ合う不快な音、そして、ガラスの破片が辺り一面にぱっと散る。かばうように大きな体がかぶさってきて、やがて何もかも暗闇の中に沈み込んでいった。

2

明かりがまぶしい。スカイは処置台の上に寝かされていた。

「よかった、気がついたわ」人の声がして、スカイはうっすら目を開けた。

「ここは……どこ？」

「病院ですよ。大丈夫、怖がることはありません」

「怖がってなんかいません」そう、自分のことは少しも気にしていなかった。「あの……一緒にいた男の人は？　どこでしょう？」

「あの方も大丈夫。ほんの二、三針縫っただけですから」

「それじゃ、けがをしたんですか？」

思わず起き上がろうとすると、若い看護師は愛らしい顔にも似合わずきっぱりした声で言った。「おとなしく寝ていてください。動脈をちょっと切ったけれど、大したことはありません。すぐによくなります。でも、出血多量で輸血をしていますから、一晩はここにいなければならないでしょうね」

「まあ！　そんなに……」

「泣かないで。大丈夫ですから」けれど、驚いたことに、頬に当てた手はぬれていた。

「さて、どんな具合かな？」ドアが開いて、病院特有のにおいがつんと鼻をつく。

「気がつきました」看護師は入ってきた中年の医師の方を振り返った。

「先生、ミスター・リアドンは？」

「大丈夫。会いたいですか？」医師はスカイの腕を取ると、脈を診た。

「ええ」だが、体じゅうがこんなに震えていては、とても起き上がれそうにない。

「もう少し気分がよくなったらいいですよ。頭はどうです？　すっきりしましたか？」

「とても痛いんですけど」

「それは仕方がない、脳しんとうを起こしたんですからね。でも、こうして無事に生きていられるのはミスター・リアドンのおかげですよ」

「車を運転していた方は？」

「財布が痛むだけでしょうな」

「よかった！」スカイは目を閉じた。

「この状態じゃ帰すわけにはいかないな」医師は肩越しに看護師に話しかけた。「ベッドを用意して。それから鎮静剤だ」

「わかりました」

きびきびした看護師の声に続いて遠ざかっていく足音が聞こえ、目を閉じたままスカイは吐息をついた。よかった、生きていられて。

次に目を開けると、ガイがベッドの傍らに座っていた。いつの間にか救急処置室から移されたらしく、ここはさっぱりした個室だ。

「どうだい？」

「あなた、起きちゃいけないんじゃないの！」じっと見下ろしているグレーの目に全身の神経がぴりぴりして、スカイはさりげなく顔をそむけた。

「僕なら大丈夫だ」

「そんなはずないわ！」恐る恐る振り返ると、腕に巻いた真っ白な包帯が目に痛いほどだ。

「何針か縫って輸血したんでしょう？」

「でも、僕はタフだからね」

「そうでしょうね」確かにタフらしい。運がよかったとはいえ、事故は事故なのに、いくらか顔色が悪いほかはこれといって変わった様子はない。ただ、着ているシャツがさっきのとは違うようだ。

「サリバン先生がシャツを貸してくれてね。入院するつもりはないから、入院患者用の寝巻きを着るわけにもいかないだろう？」

「今、何時？」頭痛はだいぶおさまったが、体じゅうがずきんずきんと脈を打っているようだ。

「六時ちょっと過ぎ。たぶん家に帰っていいってお許しが出るだろう」

「家？」

「それとも、僕のホテルでもいいよ」

「いいえ、家がいいわ」そうだった――鎮静剤の効き目が薄れると共に、つらい現実が戻ってきた。「お礼を言わなくちゃ……命を助けてくださって」

「何を考えていたんだい、スカイ？」

「自殺じゃないことは確かよ。あなただってそんなつもりはなかったでしょう？」

「そんなつもりも何も……あんなひどい目にあったのは初めてだ。とんでもない運転をしていたあの男もこれで少しはこりるだろう」

「その人……無事だったんでしょう？」

「と思うよ。あんなやつのことなんか尋ねる気にもならなかったがね」

「そうは言っても……悪かったのは私ですもの。悲しくて腹が立って……」

「とにかくもう二度としないでくれ」ガイはスカイの手を取った。「いいね？」

「本当に、お祖父様に会ったほうがいいと思う？　本当のところを聞かせて」

「また同じことを言わせるのかい？　長い間お祖父さんは君に借りを作ってきた。今の君の気持もわかる。でも、実際にずっとむずかしい状態だったんだよ。君を唯一の生きがいにしてきたお父さんは怖かったんじゃないかな、メイトランドの生活が君の気に入ったらって？　いいかい、大金持の生活は、普通の人の暮らしとはまるで違う。例えばジョー・アンは、一度だって働いたこともなければ、欲しいもので手に入らないものはないんだ」

「で、もちろん、彼女はあなたも手に入れたいんでしょう？」

大胆な言葉に、ガイはスカイの顔を穴のあくほど見つめた。「そうだな、僕に惹かれているって思い込んでいるよ」

「きれいな人？」

「とても魅力的だ。わがままなお嬢さんだけど、性質はいいから君を悩ますことはない。ついでに言っておくけど、君に悩まされるつもりもないからね」

「そんな予定はないわ」

「よかった」驚いたことに、ガイはいきなり身をかがめると——額にでも頬にでもなく——唇に軽くかすめるようなキスをした。

「今のはどういうこと？」

「傷ついておびえた子供にはキスしてやらなくちゃ、そう思わないかい？」

「私が子供じゃなかったら、危険なんじゃない？」

「そうだな」また、あの笑顔——心をかき乱されずにはいられない。

「やあ、ここにいらしたんですか」

「ああ、先生」入ってきた医師を見て、ガイはすぐ立ち上がった。

「本当はまだ起きちゃいけないんだがな」

「いや、ちょっとこの人の様子をと思いまして」

「もうほとんどいいでしょう。頭痛はどうです?」

「ありがとうございます、もう大丈夫です」

「これから通りを渡るときは充分注意すること。いつもナイトがそばにいるとは限りませんからね」

「はい」

「先生、実は、お話が……」ガイが言いかけた。

サリバン医師はガイをさえぎってにやりとした。「わかっていますよ、帰りたいっていうんですね? 早く二人きりになりたい、そうでしょう?」

陽気な笑い声を残して医師が出ていったあと、スカイは口ごもりながら文句を言った。

「なにも……先生に私たちが恋人同士みたいに……」

「でも、まったくの赤の他人だって説明すると、ややこしくなるだろう?」

「実際にはそうですもの」

「そうか、僕とかかり合いになるのはごめんか」

ガイのおかしそうな笑い声にも表情を崩さず、スカイは起き上がってベッドを下りかけた。

「手を貸そう」

「いいえ、大丈夫。命を助けてもらっただけで充分です。これ以上お世話にはなれないわ」

「それは僕がしたくてやったことだ」

「でも、いいの！」

「落ち着いて。今は怒っちゃいけない」ガイは壊れ物を扱うようにそっとスカイを床に立たせた。「こういうすり傷、僕のせいかな？」

「大部分はね。あとは道路のせいよ」まるで知らない人なのに、あっという間に私の人生に侵入してくるなんて。スカイは急いでガイの腕からすり抜けた。

スカイを降ろしてからそのままホテルに行くものと思っていたのに、ガイはいくら大丈夫だからと言ってもきかず、一緒に降りて車を帰してしまった。

電話が鳴っている。だが、今はとても話のできる気分ではない。

「僕が出ようか？」

「なんて言うの？　私はいないって？」

「横になっているって言うよ」

「そうね、本当に横になったほうがいいみたい。歩くのが怖いわ」

硬直したようなスカイをちらっと見てからガイは受話器を取り上げたが、電話はもう切れていた。

「たぶんジェレミーよ」なんとかソファにたどり着いて、倒れるように座り込んでしまった。頭の中に綿が詰まっているようで、ジェレミーにいろいろと説明する気力はなかった。

視線を感じて目を上げると、傍らに立ったガイが見下ろしていた。「話をする？　それともベッドに行くかい？　今夜は僕もここにいることにしたよ」

「私が一人でいたいって言ったら？」

「なんとでも好きなように言うといい」向かいの椅子に腰を下ろしたとたん、急に疲れが出たというように、ガイはため息をついた。

「あの、よかったらやすんだら？」

「というと、ここに泊めてくれるってことかい？」

「ものすごく日に焼けた人の顔色が悪いってことがあるとすれば今のあなたがそうですもの」

「うれしいな。僕のことを心配してくれているんだね、スカイ」

「スカイって呼んでいいなんて言ってないわ」スカイはふくれっ面をした。

「でも、ミス・ファレルじゃ、ぴんとこない。それに君のことはずいぶん聞かされてきたから、なんだか知り合いのような気がするんだ。おまけにあこがれの女性だったお母さんには生き写しだし」

「本当に、母のことを覚えているの?」

「ああ、肖像画もあるしね。顎のその割れ目、それがなければ、お母さんそのものだ。もっとも、優しくて愛らしい代わりに君は激しいけど」

「そうしないわけにはいかないから。それだけよ」

「震えているね、寒いのかい?」

「ちょっとね。どうしたのかしら」

「毛布か何か、どこにある?」

「廊下の右側の最初のドア、そこが寝室なの。ベッドの上にモヘアの毛布があるわ」

毛布を肩にはおったとき、再び電話が鳴りだした。

「きっとまたジェレミーだろう」ガイはからかうようににやりとした。「僕が出るとうるさくきかれそうだな」

「じゃ、いいわ、出ないで」

「驚いたな、大事な人なんじゃないのかい?」

「大事な人は……もういないわ」

「でも、見たところ、ジェレミーのほうは君を愛しているようだ」電話のところに行ったガイは小声で話していたが、しばらくして戻ってきた。「彼のお母さんと話したよ」

「まあ、何を？」

ひどく愉快そうな顔、グレーの目が躍っている。「国際警察で調べたかな。少なくとも、連邦警察に頼んだのは間違いない」

「ふざけないで」

「ふざけてなんかいるものか。とても心配していたよ。何度電話しても出ないんで、ずっとかけ続けていたそうだ。彼のお母さん、僕が何者か、さぞ気をもんでいるだろうな」

「座ったら？」見たところは元気そうだが、ガイにとっても午後の一件はショックだったろうし、現にけがもしているのだ。

「なぜ、君は突然彼に冷淡になったんだい？」腰を下ろそうともせず、じっと見下ろされているのでは、居心地が悪くなるのも当たり前だ。

「冷淡なんかじゃないわ」

「でも、ずっと彼のことなんか忘れていたろう？」ガイは疲れたように傍らに腰を下ろした。「なるほど、どっちが夢中かはこれでわかるってわけだ」

「そんなにいろんなことをスパイしてまわって気がとがめないの？」

「ジェレミーはどんな仕事をしているんだい？」

「まあ、知らないの?」

「あまり興味がないものでね。今だって別にどうしても知りたいってわけじゃない」

「事務弁護士よ」

「それはそれは! ところで、君のその眉とまつげ、本当に黒いのかい?」

「変でしょう? 赤毛に黒いまつげなんて」

「いや、すてきだ」

「ね、あなたも私と同じくらい疲れているはずよ。動脈を切るなんて大変なことですもの」

「頭に大きなこぶを作ったのも忘れないでくれ」

「本当? 言わなかったじゃないの。どこに?」

「急に心配そうな顔をして!」

スカイは無意識に手を差し伸べて濃い真っ黒な髪をまさぐった。「あったわ。本当にごめんなさい」

「どういう風の吹きまわしだい?」ガイは頭を引いた。「さっきはさんざんいやな顔をしておいて、今度はひどく親切じゃないか」

「そんな大げさに言うことないわ」スカイはソファに深々ともたれかかった。「本当を言うと、顔を見るのもいやなんだから」

「それは、君がひどく傷ついているからさ」

「よくわからないわ。あなたには何か特別な力みたいなものがあるのよ、たぶんお祖父様の持っているのと同じような。それを魅力的と思う女の人も多いでしょうけど、私はそうは思わないわ。実業界の大物はおよそ家庭的でないってことよ」

「そうだな。まあ、そんなところかもしれない」

口調がなぜか気になって目を上げ、すぐ前にある顔を見た瞬間、おののきが全身を駆け抜けていった。漆黒の髪、閉じた目、黒いまつげが陰を作っている。鋭角的な顔はただハンサムというだけではなく、身に備わった貴族的な気品があった。なめらかな浅黒い肌、すっと通った細い鼻筋、意志の強そうな顎、そして、心をかき乱す唇……。

「今夜だけでも病院にいればよかったのに」

「それより、お昼にレストランを飛び出したりしなければよかったんだ」

「でも、あのときの私の気持はわかるでしょう？」

「ああ。わかるからこそ追いかけていったんじゃないか。スカイ、僕と一緒に帰ろう」

「こんなに傷だらけなのに？」

「僕は明日クイーンズランドに行く。一週間くらいで戻ってくるからその間休んでいればいい」

「無理よ」スカイは短く吐息をついた。

「ガイって呼んでくれ」

「ガイって呼ぼうと呼ぶまいと、無理は無理よ。奇跡なんて起こりはしないもの」

「今日起こったじゃないか」ガイはゆっくり目を開くと、スカイの手を取った。「縛ってでも連れていくよ」

「お祖父様がお礼をするから？」

「そうだ」冷たく突き放すような一言。「満足したかい？　何か目当てがあるからこそ、こんなことをするのさ」

「目当てって？」それはどうでもいい。ただ、こうして彼がそばにいるだけでなんとなく心が落ち着くのだ。それにしても、ずっと前から気心が知れているような気がするのはなぜだろう？

「そうだな、もしかしたら、ジョー・アンかもしれない」

「ジョー・アンがいるのに、お祖父様はなぜもう一人孫娘を欲しがるのかしら？」

「そうあっさり割り切れるはずないじゃないか。ほんの一かけらにしろ、君のお母さんの面影が欲しいのさ。それに、ウォーレンもジョー・アンも母方のガウアー家の系統でね、黒い髪に茶色の目。それにしても赤毛って妙に印象に残るんだな」

「ねえ、本当にどこもなんともないの？」話しながら顔をしかめたガイを見て、スカイは思わず身を乗り出すようにした。

「言ったろう、僕はタフなんだ」

「でも、痛むんでしょう?」

「ものすごくね。しかし今日は珍しい体験をさせてもらったよ、スカイ」

「ごめんなさいね、ついかっとしちゃって」

「そうだろうとも! 頭がくらくらするよ」

「本当に具合悪そうね」手がひとりでに動いて、そっとガイに触れていた。「ここに泊まってくれなくてもよかったのよ」

「君を一人きりにして?」ガイは笑いながらしなやかな猫のように大きく伸びをした。

「今夜は一人じゃ無理だ」

「忘れていたけど、近所の噂になっちゃうわ」

一瞬、ぽかんとしたが、次の瞬間、ガイは面白そうににやりとした。「僕が君に何かをって? 腕に包帯をして頭にはこぶがあるのに?」

もう二度と笑えないと思っていたのに、スカイは吹き出した。「事実はそうでも、皆はそう思いはしないわ。それに、あなたのまわりの人たちだってここに泊まったと知ったら変に思うでしょう」

「時間が逆に動いたみたいだ」スカイの言葉も耳に入らないらしく、ガイはしみじみと言った。「なんだか君のことをずっと知っていたような気がする。そうだな……年下のいとこって感じだよ、スカイ」

「そんなこと言われたって、いとこ同士がどんなふうに思い合うものか、私は知らないわ」スカイは皮肉っぽく肩をすくめた。「この膝の傷、見た？」

「いいや。見せてごらん」

「ほら……」用心深くブルーのスカートを膝の上にぴったり巻きつけて、スカイは脚を少し持ち上げてみせた。

「とてもきれいな脚だ。それなのにこんな傷がついてしまって」

「でも、そのうち治るわ。あなたの腕より早くね」

「やれやれ、腕のけがのおかげで少しは優しくしてもらえるってわけだ。それじゃ、お茶を一杯いれてくれないかな。僕のはたっぷり甘くして」ソファにぐったりもたれかかったガイはいくらか眠そうでリラックスして見えた。

「いいわよ。ね、本当に大丈夫よね？」

「もちろんさ、ダーリン」

ダーリン――なんの気なしに口にされた一言だが、生まれて初めて聞くような気がする。頬がほてって、目もきっときらきらしているに違いない。「スカイって呼ぶのはかまわないけど、ダーリンはよしたほうがいいと思うわ」

「やかましいことは言わないで、スカイ。君は運がいいんだぞ。今まで僕にダーリンって言われたのは母しかいないんだから」

「それは光栄ですこと」

よほど興奮しているらしく、お茶さえいつものようにうまくいれられない。手際が悪くもたもたしていると、玄関のベルが鳴った。こんな時間にいったいだれだろう?

「君、出られるかい?」

「ええ」この調子では出るまでベルは鳴りやみそうもない。のぞき穴からのぞくと、ジェレミーとミセス・フィリップスだ。

「スカイ!」ドアを開けるや、二人は同時に叫んだ。

「ようこそ」

「なぜ、電話に出なかったんだい?」

「とにかく、どうぞ」疲れていて、とても相手をする気分ではないし、二人共まるでとがめるような目をしているし、本当にいやになってしまう。

「スカイ?」出てきたガイ・リアドンの感じのいい世慣れた様子に、ジェレミーも母親も一瞬、圧倒されたように目を見張った。

「こちらはミスター・リアドン。祖父の代理でお葬式に来てくださったんです」

「お祖父様ですって? あなたにお祖父様がいらしたなんて初耳だわ、スカイ」

「お祖父様はサー・チャールズ・メイトランドなんです」ガイがなめらかにあとを引き取

った。「初めまして、ガイ・リアドンです」

ジェレミーは予期せぬことに目を白黒させているだけだが、ミセス・フィリップスは素早く態勢を立て直し興味津々といった様子で目を輝かした。

「いったいどうしたんだい、その格好は？」やっと自分を取り戻したジェレミーはうわずった声で言った。「電話ではけがしたなんて……」

「大したことないのよ」何かがちょっとずれて、この場の情景は見方によってはまるで喜劇の一場面のようだ。こういうとき父がいたら一緒に大笑いできるのに。父とは気質が似通っていたせいか、よくいろいろなことに笑い合ったものだった。スカイが無事だった安堵感と、彼女の危機を救ったのが大切なジェレミーではなくこの見ず知らずの――しかも、ものすごくハンサムで一目で紳士とわかる――男性だという穏やかでない気持が一緒になったミセス・フィリップスの顔といったら！　スカイは笑いだしたいのか泣きたいのか自分でもよくわからなかった。「ちょうど、お茶をいれようと思っていたんです」

「それなら、私がしますよ」ミセス・フィリップスははじかれたように振り返った。「スカイ、あなたは……グロッキーみたいですもの」

「心配したんだよ、本当に」今さらのようにジェレミーは吐息をついた。

「ごめんなさいね。でも、もう大丈夫なの」

一人のほうがいいのに。けれど、ついてきたミセス・フィリップスに台所から出ていって言うわけにもいかない。

「ねえ、あの人、ここで何をしているの？」ミセス・フィリップスは閉めたドアの前に立ちふさがっている。これでは逃げようがない。

「電話では全部お話ししていないんですね。実は、私、車にひかれそうになって、あの方が自分の体でかばって助けてくださったんです。ガラスか何かで動脈を切って何針か縫ったそうですわ。ほんのちょっと前に病院から戻ったところなんです」

「まあ！　でも、よく退院させてくれたわね？」

「ミスター・リアドンは病院がお嫌いらしくて。もちろん私もそうですけど」

「病院の好きな人なんていやしませんよ」ミセス・フィリップスはどさりと椅子に腰を下ろした。「それにしても、まあ、驚いたこと。サー・チャールズ・メイトランドがお祖父様とはね」

「そんなに大げさにおっしゃらないで」

「そう言われたって、びっくりしないほうがおかしいわ。有名な方ですもの。ついこの間も雑誌であの方の記事を読んだばかりよ」

「〝前代未聞の慈善家〟っていう記事ですね？」

「ええ、そうよ。それにしても、まだ信じられないわ。だって、あなた、いつもとっても……質素に暮らしていたでしょう」

「人間的に成長するにはそのほうがいいと思いますわ。いとこの話を聞いたんですけど、一度も働いたことがないんですって」

「当たり前ですよ。私だって余裕があれば、娘を働かせたりしないでしょうね」

なるほど、男の子には出世のために最高の教育を、女の子には良縁をというわけだ。

「私たちが来たのは、あなたにうちに来てもらおうと思ったからなのよ、スカイ。一人にはしておけないもの。それに、ミスター・リアドンに泊まっていただくわけにはいかないでしょう？」

「あら、ここにもお客様用の寝室はありますわ」

「それはわかっていますよ。でも、今のあなたの様子では、けが人のお世話なんてとても無理よ」

ところが、世話をする必要などまるでなさそうだった。少し前のぐったりした様子が嘘のようにすっかり元気になったガイ・リアドンはまるでこの家の主人のようにジェレミーたちを送り出した。

「やれやれ、なんて母親だ！」再び居間に二人きりになって、ガイは考え込むようにつぶやいた。

「息子を崇拝しきっているのよ」

「それが問題だ。君がサー・チャールズ・メイトランドの孫とわかったからには……大変だぞ」

「そうかもしれないわね」

「もう少しましな相手を考えたら？　君くらいの人なら夢中になる男がいくらでもいるだろう」

「別に、夢中になってほしくもないわ」

「じゃ、君を飼いならすって言い換えてもいいよ。ところで、ミセス・フィリップスには僕たちは親戚でもなんでもないって言っておいたからね」

「まあ、わざわざ？　とっても低い声で話していたからちっとも聞こえなかったわ」

「さて、寝るかい？」

「そうね。このくらい疲れていれば少しは眠れるかもしれないわ」

「じゃ、先にシャワーを浴びるといい」

「いいのよ、浴室は二つあるから」肩に置かれた手を意識して、スカイはさりげなく一歩あとずさった。「タオルも山ほど。なんでもたくさんあるわ」こんなつまらないことを言って。けれど、黙っていたら今にも泣き崩れそうだ。「おやすみなさい」

「明日はクイーンズランドへ行くよ」

「その腕で？」

「もちろん。腕を置いていくわけにはいかないさ」黒い眉がいたずらっぽくつり上がった。

「早いから君は起きる必要はないよ」

「起きるわ。どうせ、あまり眠れそうにないし」

ゆっくりシャワーを浴び、ネグリジェを着てガウンをはおった。タイ・シルクのガウンは父からの最後のプレゼント――質素な生活にはぜいたくすぎるほどの品で、よく〝パーティーに着ていこうかしら〟などと冗談を言ったものだった。

スカイは鏡をじっと見つめた。痛々しいほどやせてしまって、肩に波打つ豊かな髪が重たげに見える。不安そうに見開かれた大きな目、形のいい唇、いつもはクリームのようにつややかな肌が今夜は青ざめて透き通るほどだ。ミセス・フィリップスが〝グロッキー〟と言っていたが、本当にそのとおりだ。すっかりやつれて自分が自分でないような気がする。だが、不思議なことに、今朝のようなこの世に独りぼっちという心細さは消えていた。そう、廊下の向こう側にはガイがいるのだ。まるで赤の他人なのに、なぜこんなふうに思うのだろう？　死すれすれの危険な目にあったからだろうか？　ジェレミー母子が訪ねてこなかったら、あのまま居間のソファで寝込んでいたかもしれない。二人共、今夜はそれほど常軌を逸しているのだ。

そうだ、ガイに着替えを貸してあげなければ。初めてのサラリーで父のために買ったガウンにしよう。

「ミスター・リアドン？」スカイはおずおず客室のドアをノックした。

「どうぞ」どうやら大慌てでシャツを着たらしく、裾がスラックスからはみ出している。

「ちょっと腕の具合を調べていたんだ」

「鎮痛剤をのむんでしょう?」深夜、しかも異性と二人きりという今の状況を急に意識して、声がこわばってしまった。

「そうだよ」気のせいか、ガイのまなざしは控えめだった。

「あの、これ」スカイはガウンを差し出した。「父に買ったんだけど、父は何かいいことがあったら下ろすって言って……とうとう一度も着なかったの」

「ありがとう、スカイ」ガイはスカイの気持を察したように恭しくと言っていいくらい丁重にガウンを受け取った。

「あなたよりはやせていたけど、背は同じくらいだったから……百……百八十センチは……」そんなつもりはなかったが、自分で自分が手に負えず、気がついたときは泣きだしていた。もうこれ以上の悲しみなどあるはずはないと思っていたのに……。

「スカイ……」

「こんなことって……ひどすぎるわ!」

「わかるよ、つらいのは」ガイは激しくしゃくり上げているスカイをそっと抱き寄せた。

「二度ともとどおりにはならないと思っているね? でも、時がたてば傷は癒える。今はつらくてたまらないことが懐かしい大切な思い出になるんだよ」

　答えようにも口がきけず、スカイはがっしりした胸に顔を埋めた。規則正しい心臓の鼓動——ほんの一瞬にしろ、こうしているとなんとなく慰められるような気がする。

「泣いちゃいけない、スカイ」

「ごめんなさい。でも、もう二度と会えないなんて……」

「神様を信じてるだろう？」

「いいえ。もう何も信じられない」背を抱いた腕に力がこめられ、スカイはずきずきと脈打っている頭を上げた。「ごめんなさいね、全然知らないあなたに……どうかしてるわ」

「そうかな？　君は、見ず知らずの他人の腕の中で泣けるのかい？」

「いいえ」何がなんだかわからなくなって、スカイは涙にうるんだ目を上げた。「でも、やっぱりおかしいわ」

「まだ若いから何もわかっていないんだ。会った瞬間に十年来の友達みたいに感じる人もいるし、ずっと知っていてもまるで親しみのわかない人もいる」

「そうね」

　不意に、ガイにしがみつくようにしているのに気づいた。その瞬間、日々の生活とは別の次元の激しい感情がわき上がってきた。知らないふりができないほど、それは強烈なものだった。

「もう寝られるね？」とてもまじめな顔。声も今までとは違って緊張しているようだ。

「ええ」スカイはしぶしぶ手を放した。「おやすみなさい、ガイ。あなただって具合が悪いのに、本当にごめんなさいね」

「ここに泊まるって言いだしたのは僕のほうさ」

ほんの一瞬、唇がかすって、甘い、光り輝くような何かが体を駆け抜けていった。こうしていれば心をむしばむ苦痛を忘れることができるのに……。

「ガイ？」

誘いかけるような声に浅黒い顔がふっと緊張したが、絶望を絵にかいたようなスカイを拒むことはできず、再び唇が重ねられた。慎重な優しいキス。けれど、スカイの差し出そうとしたものは受けとられず、宙ぶらりんのままだった。

「だめだ、こんなことをしちゃいけない」急に顔を上げてガイが荒々しく言った。冷水を浴びせかけられた心地がして体じゅうが激しく震える。

「私、なんてことを……死にたいくらいよ……」

「君が欲しくないと思うか？」ガイの両手に顔をはさみ込まれた。その顔には隠しようのないむき出しの情熱が刻みつけられているに違いない。

「だったら、なぜ？」

「何もなかったんだ、スカイ」

「そうね、あなたが強かったから」スカイの声は苦々しくかすれていた。

「やめなければよかったっていうのかい？　君は自分のしていることがわかっていなかったんだよ」

「あなたは私を嫌っているわね。それに、私だって自分を軽蔑してるわ」

「君には慰めが必要なんだ」ガイは穏やかに言った。

「そんなことないわ」ついさっきは確かに慰めが欲しかった。けれど、今求めているのはガイ、あなただけ……。「あなたはなんでもしてくれるつもりだった、誘惑に乗る以外は。そうね？」

「それは、君が気の毒なほど無防備だったからさ」

同情と優しさだけのまなざし――あれは一人の女性ではなく、傷ついた子供を見る目だ。

「じゃ、行くわ」

「こんなに絶望的な君を一人にするのはつらいな」

「何分か前はあなただってとっても絶望的に見えたわ」

「僕は話に出てくるような強いヒーローじゃないからね。君をベッドに連れていくのはたやすいことだ。でも、それはフェアじゃない。今はできないよ」

「大丈夫、もう二度とこんなことはないわ」スカイは肩をすくめると、肩に置かれた手を振り払った。「今夜のこと、忘れてくれるといいんだけど」

「君がそう言うんなら、忘れよう」

「でも、そうはいかないでしょうね。今度会ったら、きっと二人共また思い出すわ」

「そうだろうな」日焼けした顔から血の気が引いていく。「今までにずいぶん女性とつき合ってきたけど……今は一人も思い出せない」

「いろいろありがとう」スカイはこれでおしまいというようにきっぱり言った。「明日は見送らないわ。これでもう会わないほうがいいのよ、ガイ」

3

うとうとしたかと思うと、あの事故と夜になってからのガイとの一幕が代わる代わる断片的な夢に現れ、落ち着きのない重苦しい眠りをさまよっているうちにやっと一夜が明けた。

花々の香りに満ちたさわやかなそよ風とまぶしい日の光。そうだった、ゆうべは……。きらきらした朝に思い出すと、あの出来事がよけいいとわしく思える。あれは本当に自分のしたことだろうか？　気が狂うほど愛していて初めて、と思っていたのに。

家の中はしんと静まり返っている。ガイはもう出かけたのだろう。妙なことに部屋のドアが開いているのに気づいた。それに、小さな椅子が壁際に寄せてある。すると、ガイはここに来て、眠っている私を見たのだ。再び、生々しい記憶がよみがえって、スカイは低くうめいた。

「忘れるのよ！」頭の中の堂々巡りに疲れ果て、スカイは声に出して言った。別に、薄いネグリジェ姿で眠っているところを見られたからといって、どうということはないのだ。

祖父のもとからはいずれまただれか来るにせよ、ガイはもう二度とやってくる気遣いはないのだから。でも、もし、あのままいったら？　ガイは一生スカイを脅迫できる材料を手に入れたはずだった……。

台所に行くと、テーブルの上にメモがあった。〝二十四日に戻る。片をつけられるように決心しておくこと〟そして、力強い筆跡で〝ガイ〟

「どうなるか見ることにしましょうよ！」相手がいないのも忘れて、ついまた声に出して言ってしまった。いくら命を助けてくれたとはいえ、こんなふうに人の生活をあれこれ指図する権利などないはずだ。片をつける？　どういうことだろう？

思いやりのあるジェームズのはからいで今週は休めることになっているが、冷静で思慮深いジェームズに急に会いたくなってきた。それに、メイトランド社の事業内容についても――ついでに、ガイ・リアドンがどんな地位を占めているか――聞ければ一挙両得だ。

ジェームズは当然スカイが電話してくると思っていたらしい。

電話をすると昼食に誘われた。葬儀のときにガイ・リアドンと二言三言言葉を交わした
「ずいぶん顔色がよくなったよ」

「いいのよ、無理しなくて。どんなにひどく見えるか知っているもの」

「そんな、君はいつだってすてきさ」笑いかけるジェームズはやせた少年のような姿と金髪のおかげか、じきに四十というのに少なくとも十歳は若く見える。ブルーの鋭い目――

けれど、ジェームズの鋭さはガイの持っている人の心を読み取るあの突き通るようなまなざしとは違って、もっと実際的なものだ。

「もちろん、彼と会ったんだろう？」

「一言警告しておいてくれたらよかったのに」

「でも、別に、警告するようなことはなかったからね。ほんの二言三言、挨拶しただけだから。お祖父さんのところから来たのはわかっていたよ、もちろん。で、なんて言ってきたんだい？」

「それより、少しガイ・リアドンのことを教えてくれない？　あの人、何をしているの？」

「えっ？　リアドンの名前を知らないとは参っちゃうな。リアドン家は大変な大金持だったんだ」

「だった？」

「ああ。黄金時代は終わったってことさ。少なくとも彼らはそう思っているだろうな、君のお祖父さんが会社を買い取った時点でね。いろいろ噂は聞いているよ」

「例えば？」事故のことを説明するのが面倒なのでパフスリーブの長袖の白いドレスにしたのだが、テーブルに肘をぶつけ、思わず顔をしかめてしまった。

「どうかしたのかい？」

「あとで話すわ。それより、聞かせて」

「いいよ。でも、この国でトップの実業家のことを全然知らないとはね。そういえば、二週間くらい前、君のお祖父さんの記事を読んだよ。二週間前か、日がたつのは早いな、まったく」

「お祖父様のことじゃなくて、聞きたいのはガイ・リアドンのことなんだけど?」

「ずいぶん熱心だな。まさか一目ぼれじゃないだろうね? 確かなことはわからないけど、彼はいずれジョー・アンと結婚するってもっぱらの噂だよ」

「それは違うと思うわ」胸がきゅっとなる――この痛みはなんだろう? けれど怖くて、それが何か突っ込んで考えてみる気にはなれなかった。

「そうかな? 気になるのかい?」

「私が聞いたのは、もう一人のいとこのウォーレン・メイトランドとガイの妹さんが結婚するって話だけですもの」

「まあ、あのクラスになると仲間うちでしか結婚はしないものだからね。その話なら僕も知っているよ。ショッキングなことなんだけど、ここ何年かリアドンは着実に、メイトランド社のトップへの道を歩んでいる。がっちりした組織だし、君のお祖父さんは一筋縄ではいかない人物だから、リアドンもさんざん苦労したろうけどね。彼の父親は死んだ。これがまた小説まがいさ。党派争いみたいなものはどこにもあるけど、考えようによっては、君のお祖父さんがリアドンの父親を殺したも同じだな。ビジネスには感情の入り込む余地はない。勇気があって厳しく事を運ぶ者だけが勝ち残れるんだ」

「その勇気があるっていうのは冷酷って解釈していいんでしょう？　ミスター・リアドンのお父様、どんなふうに亡くなったの？」

「交通事故だよ。もう四、五年前になるんじゃないか。自殺じゃないかなんて噂もあったけど、リアドン家の人たちは頑として否定していたね。残された奥さんはノイローゼ気味だとか」

「それなのに、その息子が祖父のところで？」

「それは、リアドンはいまだに大株主だからね。ちらっと見ただけだけど、あの男なら以前のリアドン王国を再建しないとも限らないな、君のお祖父さんを踏み台にしてね。となると、ジョー・アンとの結婚はこのうえなく有利な話だ。わかるだろう？」

「驚いたわ」

「君はまだ何も知らないからな」

「そのせりふ、ついこの前聞いたばかりよ」

「何も知らないかわいい女――男にとっては理想的だ。ビジネスの厳しさとは別世界……いいね」

「ビジネスの厳しさ、ね。どうして、男の人は権力に執着するのかしら？」

「女だって同じさ――ただし男に関してだけど。よくあるだろう、若いきれいな女の子が年寄りと結婚するって？　何もかももとをただせばお金なんだよ。ところでリアドンはどこに行ったんだい？」

事情を説明しようと口を開きかけたが、ジェームズの目がきらっと光るのを見たスカイは気を変えた。「さあ、わからないわ」

「そうか、彼をかばおうとしているね？」

「かばうですって？　見ず知らずの人よ、ジェームズ」そう、ただ、命を救ってくれて、あることさえ知らなかった情熱に火をともした、それだけだ。

「なにしろ魅力のある男だからな」

「じゃ、あの人は今の地位に満足しないで、祖父を追い落とそうとしているっていうのね？」

「そうは言っていないよ！」さすがは用心深いジェームズ、よけいなことを言ってあとで困ると大変というわけだ。「で、どういう用件だったんだい？」

「祖父のところへ行くようにって」

「どのくらいの間？」

「そんなにあっさり言わないで！　二十二年も音沙汰なしで、虫がよすぎるとは思わない？」

「いさかいの時は過ぎたし、娘とか孫娘は役に立つからな。若い実業家と結婚させて、その力をくじくとか……」

「あなた、今話していることよりもっとずっと知っていそうね？」

「君もだよ。度外れなほど控えめだけど、君はすばらしくきれいな人だ。それに、女性には珍しいほど知的だし。でも、それがいいかっていうと、どうかな？　こういうタイプの女性は初めは特別な何かがありそうな男に夢中になる。でも、ある日突然、違う目で見始めるんだ。あらかじめおぜん立てされていたってことに気がつくんだよ」

「なんの話をしているの？」

「すごい、目がきらきら光っているよ！」

「何か警告しようとしているんでしょう？」

「ちょっと待ってくれ、僕が何を言ったって？」

「ガイ・リアドンのことで……違う？」

「やれやれ、ミネラル・ウォーターで酔っ払ったのかい？　君みたいな人とリアドンだって？」

「祖父には会ったほうがいいと思う？」

「当たり前だろう！　彼は君に借りがあるんだ」

「そんなものありはしないわ。でも、愛情となると別だけど」

「愛情？　よしてくれ、夢物語だよ！」

「あなただってだれかを愛したことがあるはずよ」

「ないね。まあ、夢中になったことはあるけど、愛にまでたどり着いたことはない。君のことは好きだよ。この〝好き〟っていうのは〝夢中〟より一段上だな。多少なりとも気持が入っているからね。ところで、ガイ・リアドンとはかかわり合わないほうがいいな。あの目、よく見たかい？　並じゃないね、実に危険だ。君のお祖父さんの才覚と理想主義がほどよくブレンドされているってとこかな」

「というと、祖父はたちが悪いってことね？」

「包装紙さえ立派なら、たちが悪いなんてことは大したことじゃない。貧乏は罪悪だけどね」

「ひどく冷笑的な言い方ね。あなた、貧乏だったの？」

「僕は十三のとき学校をやめた」

今までプライベートな話はしたことがなかったので初耳だが、からかい好きなジェームズのことだ、これも冗談だろうか？

「いや、本当だよ。大学講師のお父さんと大学の卒業証書を持っている君にはとても想像できないだろうな。父はアルコール依存症でね、僕は何もかも一人でやってきたんだよ」

「そうだったの。でも大成功ね、ジェームズ。あなたは頭はいいし、なんでも知っているし」

「野心家だったからね。なぜ、もっとまともな両親のもとに生まれなかったかって、ずいぶん腹を立てたものだ。でも、戦えば必ず何か手に入る」

「ガイ・リアドンもそう思っているんだわ、きっと。お父様は失敗したけど、その二の舞いはするまいって」

「それじゃ、リアドンの成功のために乾杯するかい？　でも、彼が何をもくろんでいるにせよ、君だけは手に入れられないさ」


夕方、庭に水をまいていると、ジェレミーがやってきた。

「やあ、一人かい？」ちらっと辺りを見まわした様子からすると、ガイがいるのでは、と気にしているらしい。

「いらっしゃい、ジェレミー。もちろん、一人よ。悪いけど、これだけすませてしまうわ」

「いいよ。ところで、家は売ることにしたの？」

「ええ、そのつもりよ」

「じゃ、いい庭師にこの庭をまかせないとね。これだけのものをだめにするのは残念だ」

抑えに抑えていた悲しみがこみ上げてきて、すぐには返事もできない。「よかったら入らない？」

「ああ、ちょっと話もあるしね」

どんな話にしろ、もうジェレミーとはおしまい――それはわかっていた。家の中で電話が鳴った。

「電話だ、僕が出よう」

あの緊張した顔、ガイからだと思っているのだろう。「いいの、私、出るわ」電話は親友のファイオナからで、明日の夜、彼女の家を訪ねる約束をした。

「リアドンからかと思ったよ。知っているかい、彼は経済界では奇跡みたいに思われているんだってさ。妙だよな、父親は失敗したっていうのに」

「何か言いたそうね、ジェレミー？」

「じゃ、言うよ。ゆうべ、なぜ、ここに泊めたんだい？　母さんも僕もどうも合点がいかなくてね」

「私の命を救ってくれた人よ」

「それはそうだけど……一晩入院するなり、ホテルに戻るなり、どっちかにすればよかったじゃないか。君とあいつの並んだ姿は、とても簡単には忘れられそうにないね」

「お茶はいかが？」

「話をそらそうとしているんだね？」ジェレミーは一歩前に出ると、スカイの腕をつかんだ。「頼むよ、話を聞いてくれ、ダーリン。君をこんなに愛しているんだ、あのリアドンのことでいい気持がしないのも当たり前だろう?」

「いやだわ、あの人には昨日初めて会ったのよ」

「そうさ。でも、君はなんだか変わった。僕も母さんもそれほどのばかじゃない。母さんは経験があるし、女だからね」

「どういうこと?」スカイは一歩も引かないといった様子でジェレミーを見つめた。「あなたに私をとがめるどんな権利があるの?」

「そんなものはもちろんないさ。ただ、ひどく情けない気分なものだから、うまく言えなかったんだ。悪く考えれば、いくらでも悪く考えられる。でも、僕は……」

「それにお母様もでしょう?」

「その、なんていうか……君たちにはつながり……いや、うまい言葉が見つからないな……そうだ、惹かれ合っている。君たち、惹かれ合っているみたいだった。ねえ、僕たちはつき合い始めてからもうじき一年だ。もう少し安定したら、君と結婚したいと思っているんだよ、スカイ」

「安定するってどのくらい?」

「来年あたりどうかと思っているんだ。今は自分の力を試しているんだけど、なんとかなりそうだよ」

「何が?」

「全部さ。君と仕事と」

「それより、今すぐ結婚しましょうよ」スカイはどさりと腰を下ろし、突っかかるように言った。

「今すぐ?」ジェレミーはあっけに取られておうむ返しに言った。

「だって、私をとっても愛しているんでしょう? 見ているだけじゃ足りないくらい?」

「大丈夫、君を傷つけたりしないよ、スカイ」

「じゃ、愛し合いたいと思ったことは一度もないっていうのね?」

ジェレミーは気の毒なほど赤くなった。「母さんに約束したんだ、女の子と面倒は起こさないって」

「まあ!」行儀が悪いのはわかっていたが、どうにも我慢できず、スカイは吹き出してしまった。

「何がそんなにおかしいんだい?」

「ごめんなさい」確かにジェレミーがとまどうのも無理はない。急に気がとがめて、スカイは前より優しい声で続けた。「わかっているわ、あなたはきちんとしたとってもいい人よ」

「本当を言うと、何度もキスしたいと思ったよ」ジェレミーはスカイの口調に慰められたらしく、傍らに腰を下ろした。「でも、君はきついからね」

「それから?」

「そんな調子で言うのはやめてくれ。今に自然とうまくいくよ。君はまだ若いし、お父さんにはさんざん甘やかされてきたことだし。それに、赤毛の女の子は勝ち気だっていうじゃないか」

「それもお母様の意見ね?」

「だって、わかっちゃうんだから仕方ないだろう? 母さんには人を見る目があるんだよ」

「で、父が私を甘やかしたって思っているのね?」

「そう思わないかい? 仲がよすぎたからわからなかったんだよ、君には。たいていの人は自分は自分、子供は子供さ。でも、君のお父さんは君のことしか頭になかった。何もかも君のため。この庭だってそうだ。〝スカイは木蓮(マグノリア)が好きだからね〟だよ。本もレコードも輸入チーズも、全部が全部君の好みのものばかり……」

「私の好きなもののリストはそれでおしまい?」

「口には気をつけなきゃいけないってことはわかっているよ」ジェレミーはスカイの肩を抱いた。「君たちはこの世でたった二人きりだったんだものね」

「ええ、そうよ」

「だから、今すぐ結婚したいのかい?」

「あなたは?」

「もう一年待ったほうがいい。今は婚約だけで充分だよ」

「私が欲しい?」

突拍子もない質問にジェレミーは黙ってしまった。「僕は……君の力になりたいんだ」

「じゃ、手に負えないほどの情熱は感じないってことね?」

「そういうつき合い方はしてこなかったろう?」

「そうね。でも、考えてみると変じゃない?」

ジェレミーは駄々っ子をうまくあしらう大人のように優越感のまじった笑顔を浮かべた。

「僕たちの間ではなんでも君しだいだからさ」

「そうかもしれないわね。あなたは満点よ」

「僕が無理強いしたら、君は怒ったはずだ。穏やかなほうがいいんだよ。白熱した情熱は恋愛小説にはいいかもしれない。でも、現実には、大部分の人は平凡で穏やかだ」

「私はそうじゃないわ」

「そう、君は複雑な人だよ」

「そんなことはわからないけど、ただ私には情熱的なところがあるのよ」

「そうだな」

彼は笑い、続いて唇が重ねられた。だが、ほんの数秒でジェレミーは身を引いた。

「僕の大事な人！」

「違うわ」

「違わないさ、これでうまくいくんだ、ダーリン。ところで、お祖父さんの件はどうするつもりなんだい？　本当に〝事実は小説より奇なり〟だな！」

「そうね」スカイは笑った。皮肉な、軽蔑まじりの笑い声。けれど、ジェレミーには通じないらしい。

「もちろん、会いに行くんだろう？」

「そのほうがいいと思う？」探るように彼を見る。

「決まっているじゃないか！　たぶん今までの罪滅ぼしにお金でもくれるつもりだよ。この家は相応な値段で売れるだろう。でも、それだけじゃね。学者っていうのはあまりお金には縁がないものな」

「そうね、ずいぶんやりくりしたわ。この家だって、父が自分の手で仕上げたって言ってもいいくらい」

「すばらしい人だった、本当に。でも、もうやりくりする必要はないんだよ。お祖父さんが何を考えているかは明らかだ。そうでなきゃ、リアドンをよこすはずはないさ。なにしろあのリアドン家のリアドンだ、すごいよね」

「紳士録を勉強したほうがいいみたいね、私も。昨日までリアドン家なんて聞いたこともなかったわ」

「まあね。ヘンダーソンのところで働き始めるまではまるで隠遁生活だったものな。ところで、ヘンダーソンもリアドンのことを知っているんだろう?」

「たぶんね」

「あの二人なら話が合うかもしれない。言っちゃなんだけど、ヘンダーソンって平凡じゃないかな」

「じゃ、ミスター・リアドンも平凡?」

「もちろん、違うさ。リアドンはなかなかのものだ。エリート中のエリートで、母さんに言わせると、魅力的どころかセクシーだって」

「まあ、なんてすてきな形容詞なんでしょう!」

「母さんはときどき面白いことを言うんだ」

父と仲がよすぎるとさんざんあてつけがましいことを言っていたのに、自分はどうなのだろう。

うんざりして、スカイは立ち上がった。「何か軽く食べようと思っていたの。ハムとサラダでいい?」

「いいよ。君がお祖父さんのところに行ったら、僕もここは引き払うことにしよう。シドニーでもきっといい仕事が見つかると思うんだ」

「でも、お母様はどうするの？」

「問題ないさ。シドニーなら気に入るよ」

「どうしたらいいと思う？」翌日の夕方、約束どおり親友のファイオナを訪ねたスカイはバルコニーの椅子に落ち着くとさっそく始めた。

「お金持のお祖父様なんて、うらやましいわ」

「あなたなら行く？」

「わからないわ。うらやましいって言ったのは、お金持はいいってこと。財布と相談しながら生活するのっていやなものよ。あなたはいいわ、愛してくれるお父様がいたもの。私なんか、父が再婚して、一人で独立しないわけにはいかなかったのよ。父は母も私もどうでもよかったんだわ。ひどい話よね」

「若いときに結婚なさったせいじゃない？」

「さあね。父はいつもだれかにつらく当たらないではいられないの。父の再婚相手はなんと私と同い年なのよ。母と二人でその人に同情しているの」

「いつかお見かけしたけど、お幸せそうだったわ」

「そうかもしれないわ。母は結婚したとたん、自分を伸ばそうとしなくなったもの。離婚率はものすごいし、本当は女性だって独立していけるようでなくちゃいけないのよね。かわいそうなママ、女性の仕事は料理と育児と掃除って教え込まれて、四十いくつになって、議論が唯一の取り得っていう若い子に乗り換えられちゃうなんて」

「お父様は政治家ですもの、理屈っぽい女の子が気に入ったのも仕方ないわ」

「本当にね。よく母に、せめて新聞くらい読んだらって言ったのよ。私、父も母も愛しているのに、両方をどうすることもできないなんて、悲劇だわ」

「困ったわね、ファイオナ」

「あら、ごめんなさい。今日は聞き役のつもりだったのに自分のぐちばっかりで」

「でも、それが友達じゃない？」

「そうね。そういえば、あなたとお父様はなんでも話し合える最高の友達だったわね」

「ただし、祖父のこと以外ね」

「そうだったわ、忘れていた。それにしても、よりによってサー・チャールズ・メイトランドとはね。お父様は不安だったのよ、きっと。あちらは大金持ですもの。もしかしたらあなたが向こうに行ってしまうんじゃないかって」

「私、そんなことしやしないわ」

「わかっているわ、あなたがどんな人か知っているもの。でも、財産に背を向けるなんて、なかなかできないことだわ」

「まだそんな話は出ていないのよ。祖父も年を取って家の中をきちんとしておきたい、そう思うようになったんじゃないかしら。でも、二十二年間なんの音沙汰もなくて、あるのはいやな思い出だけ。他人以上に他人だわ」

「あら〝血は水より濃い〟っていうじゃない。これからつながりができるわよ。心を割って話し合えば、お互いの気持は通じるものでしょう?」

「話し合うっていうのは、相手の言うことを正しく聞くってことよね? 感情的になると、たいてい自分の言っていることだけが正しいと思いがちでしょう。あなたのお父様だって……」

「そうよ。それに、母のほうもね」

「一生尽くしてきたのに捨てられたと思って……」

「悲しいことだわ、スカイ」

「言い換えると、私たちは皆、正しいのは自分だけってどこかで信じているのね。私だって、父を愛していたから、祖父のことを悪く思っているのよ。でも、父にはちゃんと理由があったと思うわ」

「愛情は一人の人間に対してだけかしら? 家族にも当てはまるんじゃない? 強いきずながあるはずよ。お祖父様とあなたのお母様はとっても愛し合っていたって言っていたでしょう?」

「愛し合っていたんじゃないかしらって言ったのよ。赤ちゃんの私が知っているはずないでしょう?」

「でも、子供が急に結婚するって言いだしたら、親はショックよ。スーのときだって突然で、ご両親には口をはさむすきを与えなかったものね」

「スーは利口だったと思うわ」

「私だってそう思うわ。でも、あれからスーはご両親としっくりいっていないでしょう」

「スーが許そうとしないからよ」

「そこなの、私が言いたいのは」

「まあ、私も許そうとしていないってこと?」

ファイオナは吐息をつきながら、コーヒーをいれ直そうと立ち上がった。「どうしてお祖父様にチャンスをあげないの? 働きかけなければ、愛情って生きてこないものよ。父と母を見ていてつくづくそう思ったわ。それに、お父様の亡くなった今は、もしかすると潮時かもしれないじゃない?」

「私にはできそうもないわ、ファイオナ。なんとなく父を裏切るような気がするのよ。それに、いとこたちにお金目当てと思われるかもしれないし」

「まさか! お祖父様が噂どおりのお金持なら、一人分増えようが大した違いはないじゃないの?」

「祖父が普通の人だったらよかったのよ。でも、そうじゃないし、とても和解できそうにないわ」

「そう。本当を言うとね、あなたがそう言ってくれてうれしいの。いなくなったら寂しくなるもの」


ガイ・リアドンが戻ってくる前日、電話をかけてきた。電話の声を聞いただけで体が震えてくるようでは——認めたくはなかったが、これは事実だった。

「一緒に来る決心はついたかい、スカイ?」

「いいえ、とても無理だわ」

「それで幸せってことかい?」

「幸せ? そんなこと言わないでちょうだい」膝ががくがくしだして、スカイは崩れるように椅子に座り込んだ。「これ以上いやな気分にさせないで」

「そんなに調子が悪いのかい? 傷はどう?」

「二、三日はまるでだれかに襲われたみたいに思えたわ。今はだいぶよくなったけど」

「そのくらいは仕方がない。なにしろ相手は車だ」

「腕は大丈夫なのね?」

「ああ、傷は残るだろうけど」

「なんとなく脅迫されているような気がするけど、なぜかしら？」

「脅迫だって？　よしてくれ。一緒に来るか来ないか決めるのは君だ。どうしても気が進まないが、でも、しないわけにはいかないってこともあるだろう。君の養育権のことでお祖父さんが法廷で争ったのは知っているね？　そういうときは両方共感情的になるものだよ。苦しみが大きいと、それが憎悪に変わることもある。君のお母さんをめぐって二人の男が――もちろん、お母さんを愛するあまりだけど――戦った。そう、君のお祖父さんとお父さんさ。どっちにもしこりが、どうにもならない後悔が残った。だから、表面はどうであれ、お父さんだって心の中では君をあっちの家族からすっかり引き離してしまったことで悩んでいたかもしれないじゃないか。もちろん、君たち親子は二人でこのうえなく満足して暮らしてきたんだろう。でも、お祖父さんの世界はまた違う。お父さんも、もしかしたら君の華やかな将来を奪ったことで少しは後悔していたかもしれない。僕はそう思うね」

「華やかなほうがいいとは言えないでしょう？」じっと聞いていたスカイは冷たく言った。「ジョー・アンは一日も働いたことがないんですって？」

「それは彼女がそうしたいからさ。お祖父さんは厳しいし、やりにくい相手だけど、それを覚悟しているんなら、メイトランド社で君の能力を発揮することだってできる。もしやってみる気があるならね」

「あなたもずいぶん苦労したってことね？」

「僕はタフだからね。確かに、僕みたいな男にそばにいられちゃ居心地が悪いって人も多いよ」

「あなたを信用していないからでしょう？」

「まるで、僕を信用するやつは頭がおかしいとでも言いたそうな口ぶりだな」

「もうやめましょうよ。できないことはできないわ。今までに間違いをしすぎたのよ」

「今度のことだけは間違いじゃない、太鼓判を押すよ。でも、君がそんなに臆病とは意外だな」

「心理作戦はきかないわよ」

「そうか、怖いんだね？」

実のところ、不安は大きかった。「むだなものはむだだって言っているだけ。それに、もうあなたには会いたくないの」

「やっぱり勇気がないんだ」

ガイの声に潜められた何かにそそのかされて、スカイは自分でも知らない間に答えていた。「いいわ、二、三日だけ、週末に行くっていうのはどう？」

とたんに、ガイの声ががらりと変わって事務的になった。「夕方のフライトにしよう。手配はしておくから、君は荷物をまとめておいてくれ」

受話器をかけたとたん、後悔がわき上がってきた。自分で決めるどころか、これではすべてガイの思うつぼ。祖父は何をくれようというのだろう？　愛情？　まさか！　長年の憎悪、恨みから愛情が芽生えるはずはない。そして、何より怖いのはガイだ。考え方や育った環境の違いなどはお互いに引きつけ合うあの強い引力に比べればなんの防壁にもなりはしないのだから。あの晩のことはいくら忘れようとしても脳裏にくっきり焼きつけられている。ガイはどう思っているのだろう？　ゲームでもしているつもりなのだろうか？

4

シドニーは小雨だった。ガイは迎えに来ていたロールスロイスを目ざとく見つけ、運転手とスカイを引き合わせた。運転手のベラミーはただの運転手ではなく、祖父の重要な側近の一人らしい。なんだか夢を見ているようで、ガイとベラミーの話を聞くともなく聞いているうちに、車は堂々とした鉄の門の前でとまった。

「さあ、新しい生活だ！」

「そう思う？」心臓が飛び出しそうだったが、磁器を思わせる顔は仮面のように無表情だった。「でも、私が幸せでなかったら？」

「幸せになるさ。もっとも、今までのとは違う種類の幸福だろうけど。もうあと戻りはできないよ」

「そうね」美しいカーブを描く車道に乗り入れると、チューダー様式の豪壮な石造りの館（やかた）が見えてきた。

「昼間見るともっとすばらしいんだが。今は港が見えないからね」ガイは力づけるようにスカイの腕を取った。「何もかもうまくいくよ。安心して」

しんとした夜気の中に降り立つとぞくっとする。いつかここを夢で見たような気がするが、夢の中でさえ、いやな感じがした。

「行こう、皆待っているよ」

「そうだといいけど！」ガイの顔を哀れみに似たものがよぎるのを見て、負けん気が頭をもたげてくる。

重々しい豪華なシャンデリアがまばゆい玄関の広間。スカイは予想以上の辺りの美しさに息をのんだ。なるほど、お金の力は大したものだ！

「スカイね！　ようこそ」四十代後半といったところだろうか、目を見張るほどエレガントなほっそりした女性が駆け寄ってきた。

「お目にかかれてうれしいですわ。フェリシティ伯母様でいらっしゃいますね？」フランス式に両方の頰に軽くキスをしたりして、伯母はどうやらだいぶ無理をしているらしい。

「どうぞフェリシティと呼んでくださいな。さあ、皆、お待ちかねよ。私がお願いして、お祖父様には二階でおやすみになっていただいているの。お年ですもの、お体のことに気を配る者がそばにいなければね」

全身が神経の塊になったようで、迎えに出てきた一団の人々と向かい合ったときは胃の辺りがおかしくなってきた。

あの長身で細面、いくらか悲しげに見える人がジャスティン伯父だろう。「よく来てくれたね、楽しく暮らしてもらえるといいんだが」

そして、浅黒いチャーミングなジョー・アン。母親譲りの輝くような、とはいえ、あまり率直ではない笑みを浮かべている。「お友達になれるといいわね、スカイ。でも、私たち正反対みたい！」

次はウォーレン。スカイの美しさにすっかり魅せられたようで、このキスもいとこ同士の挨拶にしては少し熱狂的すぎる。「君がどんな人だろうって、ずっと考えていたよ」

ウォーレンに寄り添っている生まじめな表情の貴族的な女性はガイの妹に違いない。

「こちらはアドリエンヌ。ガイの妹さんで、もうすぐ僕の妻になる人だ」

「ようこそ、スカイ。本当におきれいだわ」アドリエンヌはかなりたってから感情のない声で言った。

「本当にデボラに生き写しだ。信じられないよ！」

「そうでしょうね」感動に震える伯父の声にフェリシティもいくらか興奮して答えた。

「お気の毒なお祖父様！」

「あの、私のせいでお祖父様に何か……？」

「しばらく前に軽い心臓の発作を……」

「やめなさい、フェリシティ。いや、君に会うのを楽しみにしているよ、スカイ。私たちに劣らず興奮しているが、心配はない。父は並の人間とはできが違うからね」

「スカイをお祖父様のお部屋に案内しましょうか？」ほとんどガイにもたれかかるようにしてぴったり寄り添っているジョー・アン。仕立てのいいすてきなグリーンのドレスを着た彼女は決して美人ではないが、十二分に魅力的で自分でもそのことをちゃんと承知している。

「いや、その必要はない」皆いっせいに目を上げると、背の高い威厳のある老人が階段の踊り場に立っていた。「スカイだね？」

どうしよう、根が生えたように足が動かない。

「さあ、行くんだ」いつの間にか傍らに来ていたガイのささやきに、スカイははっと目が覚めたように階段に向かって歩き始めた。困惑もなければ表面を取り繕う余裕もないままに。

でも、専制君主だとばかり思っていた祖父がこの人？　以前はスカイと同じ燃えるような赤毛だったというが、すっかり銀髪になって、ブルーの目には優しさと許しを求める謙虚な表情を浮かべている。

「お祖父様」引きつけられるように階段を上る。悲しみや不安はきれいに消えていた。年をへて、いぶし銀のような魅力の加わった整った顔――なんということだろう、スカイは顔立ちまで祖父に似ていた。

「私を……許してくれるかい？」

許すも許さないも、肉親の情は断ち切れるものではない。スカイはほのぼのとした温かさに傷が癒えていくのを感じながら、祖父の腕の中に身を投げかけた。二十二年間の空白のあとにこんなふうにたった一瞬で？　だが、これは理屈ではなかった。「お祖父様みたいにすてきな方、見たことがありません」

階下で見上げている人々の反応はさまざまだった。フェリシティ伯母とジョー・アンが穏やかでないのは傍目にもわかるほどだが、男性たちはごく無邪気に、感動的なシーンを心から喜んでいるようだ。とはいえ、ウォーレンのうっとりした表情はまた別のもので、どうやらいとことしてではなく、一人の女性としてのスカイにすっかり魅せられてしまったらしい。鋭いアドリエンヌはもちろんすぐにフィアンセの心を読み、とがめるように兄を見た。何一つ見逃さないガイ。初めから妹とウォーレンとの婚約をよく思っていなかったので、それでわざわざ美しいスカイを連れてきたのだろうか？

大理石の暖炉とぜいたくな家具に飾られた天井の高い居間はあまりに広いため、向こう側は深い影に沈んでいる。

「それでは、僕はこれで失礼しましょう」

「そんな……ガイ、どうしてだい？」大きなソファにスカイと並んで腰を下ろした祖父は心から残念そうにガイを見上げた。

「母を訪ねる約束をしてあるものですから」

「ひどいわ、ガイ！　お夕食をしていってくれなくちゃ！」ジョー・アンは飛び上がるように立つとガイのそばに飛んでいった。

「ありがたいんだけど、またにしよう。それに、今は家族だけのほうがいいんだよ、ジョー・アン」

「本当に、これは皆君のおかげだ。どうやってお礼をしたらいいものやら」

ガイは頰に赤みのさした興奮気味のサー・チャールズを無表情に見つめ返した。「そうですね、いずれ何か考えさせていただきましょう」

「君のことだ、そうだろうとも。明日は十時にはオフィスにいる。よかったら来たまえ」

「ありがとうございます」いんぎんに会釈をしたがグレーの目は笑ってはいなかった。

「おやすみ、スカイ。言ったとおりだろう、君は今、幸せだ」

不意に、しかも驚くほど激しく、一緒に行きたいという衝動にかられ、スカイは自分でもあきれてしまった。「またお会いできるかしら？」

「もちろんさ」

「車のところまで行くわ。ベラミーが送っていくんでしょう？」ジョー・アンはいくらかいら立たしげに言った。

「ああ」

「ガイ?」サー・チャールズが再び呼びとめた。

「なんでしょうか?」一座の中で冷静なのはガイ一人だ。

「メインステイの件はどうなっている?」

「その件はこの前説明したはずですよ、父さん」

「すまないがね、ジャスティン、私はガイの意見を聞きたいんだよ」

謎(なぞ)めいた表情で二人を見比べていたガイは、やがて静かに答えた。「明日の朝、レポートをお持ちしましょう」中立の穏やかな声に、一瞬、緊張しかけた辺りの空気も和らいだようだ。

「残念だこと」立ち上がっていたフェリシティも娘に劣らない熱心さでガイの手を握った。

「土曜日、あけておいてくださらない? アントーニアにも来ていただきたいの。スカイのために内輪だけのパーティーをしようって、お祖父様のお考えなのよ」

「あら、困りますわ、フェリシティ伯母様……いえ、フェリシティ……私、パーティーなんて気分にはとても……父が亡くなったばかりですもの」

一瞬、表情をこわばらせた祖父はやがて何度もうなずいた。「もちろんだよ。そうだとも、スカイ」

「それはわかってますわ。パーティーなんて言葉を使うなんて、私、どうかしていました。いいえ、内輪のお友達にあなたを紹介するだけのちょっとした集まりなのよ」

「でも、私、そう長くはここにおりませんし……」

「えっ？　本当なの？」ジョー・アンは辺りかまわず目を輝かした。

「急いで戻らなければならないわけでもあるのかい、スカイ？」

威厳のある態度に似つかわしくない祖父の不安げな声、それに、握っている手がこんなに震えている。スカイは胸が痛んだ。「ごめんなさい、お祖父様。でも、私、まだ決心がつかないんです」

「でも、君は少なくとも一カ月か一カ月半はいいって言っていただろう？」

説得力のあるガイの口調に逆らうだけの気力はなかった。「ええ、それは……」

「よかった、うれしいよ」皆の様子からすると、家族でさえ一種の畏敬の念をもってやたらには近づけないらしいサー・チャールズが子供のようにうれしそうに言った。

「お祖父様も私が皆さんと会ったほうがいいとお考えですか？」

「ちょっとした夕食だよ。パーティーじゃない」

「じゃ、よろしいのね？」フェリシティは顔を輝かしてガイの方を向いた。「アントーニアのご都合は？　あいているといいんだけど」

「母の予定はちょっとわかりかねますね」

「けっこうよ、あとでお電話しますから」うわの空のガイの様子に、フェリシティもとまどったように言葉を切った。

「では、おやすみなさい、サー、スカイ」

「おやすみ、ガイ」サー・チャールズはうなずいた。

スカイは祖父の傍らから立ち上がり、手を差し伸べながらガイの方に近づいていった。

「いろいろありがとうございました。ご親切は……忘れません」

「いろいろってどんなことかしらね？」ジョー・アンは興味津々といったふうに二人を見比べた。

「僕も知りたいな」ウォーレンの温かい目には気のせいか挑戦するような色があった。

「たった何日かの間だったけど、ガイは腕がいいからな。君、彼に恋をしちゃったのかい？」

「ウォーレン、なんてことを言うんだ！」

「だって、パパ、女の子は皆、すぐガイに夢中になるんだよ」ウォーレンはけろりとして続けた。

「それでもだ、ウォーレン。ふさわしくない話をしているのに自分で気がつかなきゃ、まわりの者が注意してやるよりないだろう」祖父が口をはさんだ。

「悪かったよ」父の小言にはびくともしなかったが、祖父には弱いらしく、ウォーレンはたちまちしゅんとした。「ちょっとからかっただけさ」

「でも、時と場合を考えなきゃね」フェリシティが如才なく取りなした。「それじゃ、ジョー・アン、ガイをお送りしていらっしゃいな」

これで、それとなく、ガイはジョー・アンのもの、とほのめかしたわけだ。華やかな上流夫人の仮面の下で、駆け引きに長じたフェリシティは娘とガイの間を裂こうとする者はだれであれ容赦しないだろう。

「スカイ、ここに来ておくれ」祖父が呼んでいる。

もちろん、祖父のそばが一番いい。肉親のきずなは理屈ではなく、ほんのわずかな間に祖父とは心が通い合っていた。だが、心配していたとおり人間関係はむずかしそうだ。ここにいる三人の女性は皆が皆、ジェラシーにいら立っているらしい。

その晩遅く、寝室のすばらしい内装に感心していると、ノックの音が聞こえ、ジョー・アンが現れた。

「どう?」スカイのエレガントなガウンを見て、ほとんど黒に近い目がびっくりしたように見開かれた。「入っていい?」

「どうぞ」できれば、年も近いことだし、ジョー・アンと友達になれたら、と思っていたが、どうも無理らしい。夕食の席で企業にとって広報というものがどれほど大切かという話をしたときのジョー・アンの退屈しきった顔――ミセス・フィリップスを思い出してしまった。ジェレミーの母も、スカイがドレスや料理以外の話をすると、よくあんな顔をしたものだ。なぜ、女性は装飾用と思っている人がこんなに多いのだろう？

「お部屋、気に入った？」

「すてきだわ。こんなに立派なお部屋、初めてよ」

「私の部屋はもっときれいよ。ね、そのガウン、とってもすてきだわ」

「父からのプレゼントなの」

「お気の毒だったわね、スカイ。私、あなたのお父様のことはなんにも知らないんだけど」

「私にとってはすべてだったわ」

「あなたみたいにきれいな人が？」

「両親ほど近しい人ってほかにいないでしょう？」

「違うわ、ボーイフレンドが山ほどいるでしょうにって言っているのよ」

「そんなにいないし、欲しいとも思わないわ」

「口だけよ、そんなこと」ジョー・アンは美しい天蓋(てんがい)つきのベッドに長々と横になった。

「崇拝者がたくさんいるってことが女には一番の幸せだわ。ママだってファンがずいぶん多いのよ」

「とってもスマートな方ね」

「努力しているもの。私よりずっと徹底しているの。ダイエットにしても絶対にやり通すしね」

「何かをやり抜くって大切なことよね」

「ところが、この家ではなかなかね。だから、皆、ウォーレンに腹を立てるの」

「ウォーレン?」ベッドを占領されているので、スカイは椅子を引き寄せた。

「お祖父様は全然期待していないけど、正直言って、ウォーレンには荷が重すぎるわね、メイトランド社を背負うなんて」

「じゃ、どういう人ならいいの?」

「権力の重荷に負けないような人よ。ウォーレンにできるのはぜいたくをすることだけですもの」

「ビジネスマンには向かないってことね?」

「そうよ。でも、その点ではパパだって同じよ、頭はいいんだけど。お祖父様とかガイみたいに何かを成し遂げる人の頭の中ってどうなっているのかしらね。あなた、あの二人はうまくいっていると思っているでしょう? ところが大外れ。権力闘争よ」

「でも、ガイはあなたの……いいえ、私たちのお祖父様の下で働いて……」

ジョー・アンは大声で笑いだした。「パパがよく言っているわ、ガイは自分のために働いているんだって。自分とリアドン家に残されたもののためにね。絵にかいたような成功と失敗。ガイのお父様が自殺したってこと知っているでしょう?」

「本当なの？」

「さあね。でも、いかにもそれらしいじゃない？　何代にもわたって築き上げてきたものをいっぺんに失ったんですものね。あのころメイトランド社は上り坂で、お祖父様はリアドンの事業に興味を引かれたってわけ。代は変わっても相変わらずリアドン家は大株主だからってこともあるけど、ガイを会社に入れたのはお祖父様の気のとがめじゃないかしら。というより、うまく見張るためかもしれないわね。パパなんか、ガイは今のお祖父様の椅子におさまるまでは気がすむまいって言っているくらいよ」

「そう」

「でも、あの人はすてき。そう思わない？」

こういうことはほどほどに相づちを打つに限る。「ええ、とっても目立つ人ね」

「家族じゃなくてあの人があなたのところへ行ったのにはびっくりしたでしょう？」

「二十二年もたったのよ。私、とっくに家族なんてあきらめていたわ」

「でも、ほかにどうしようもなかったのよ、スカイ。あなたのお父様は絶対に私たちを受け入れようとしなかったんですもの。これはお父様の責任だと思うでしょう、あなただって？」

「それは言いすぎだわ！」

「いいわ、今のは忘れましょう」突然燃え上がったすみれ色の目に圧倒されてジョー・アンは口の中でつぶやいた。「とにかく、私たちにはわからないことだったのよ。だって、子供だったもの。子供は大人の言うことをきかなきゃならないわ。でも、変ね、男の人っていつも女の人を子供扱いするじゃない？　まあ、いいわ、私にできることがあったら言って。ここで、幸せに暮らしてほしいのよ」

「ありがとう。そう言ってくれてうれしいわ。あなたは幸せなの、ジョー・アン？」

「決まっているでしょう。というより、夫を見つけたらって言ったほうがいいかしらね」

「例えば、ガイ・リアドンとか？」

「あの人なら完璧よ」大きく伸びをしたジョー・アンはふっと吐息をついた。「情熱的だし、優しいし、頭はいいし、頼りになるわ。でも、手に入りそうな気がするときもあれば、月世界にでもいる人みたいに思えるときもあって。私ね、アントーニアには好かれていないの。冷たいアドリエンヌも気に入らないわ。ウォーレンったらどこがいいのかしら」

「アントーニアって、ガイのお母様でしょう？」

「そう。ここが以前はあの人の家だってことを決して忘れさせてくれないのよ」

そうだったの。ガイにはどこか屈折したところがあるような気がしていたけれど、この見事な館がもとは彼の家だったなんて。

「じゃ、ここはリアドン家のものだったのね？」

「そうよ。維持していけなくなって手放したの。国じゅうでもこのくらいのところはほかにはないんじゃないかしら。以前はこの辺りは全部リアドン家のものだったけど、ガイのお祖父様の代に何十アールかダニエル家とブライアント家に売ったの。ここほどじゃないけど、両方共モダンなすてきな家よ。レディ・ダニエルとミスター・ブライアントは今度の土曜に来るからあなたも会えるわ」

「自分の家を手放すってつらいでしょうね」

「そうね、あれから家を買っていないし。ガイのお父様のジュリアンは本当の紳士だったわ。お祖父様は〝紳士〟というものは何もかもめちゃめちゃにするものだって言っているけど。でも、すごくすてきな人だったの、ハンサムで感じがよくて。お祖父様くらい徹底したビジネスマンだったら、あんなことにはならないですんだのにね。お祖父様は欲しいものは必ず手に入れるの。で、リアドン家のものも自分のものにしたわ」

「リアドン家の事業ってなんだったの？　私、大企業のことって何も知らないのよ」

「ええと……四つの州に大きな電気製品の工場を持っていたでしょう。それから、重工業のランキンズ社も系列会社にしちゃったし。病院の医療機器を作っていたヤングマンズ社も買収したし、そのほか小さな会社をいくつも持っていたのよ」

「それなのに、全部失うなんて……」

「あなたはお祖父様を知らないのよ、スカイ」

「で、今、お祖父様の持っていらっしゃるのは？」

ジョー・アンは目を閉じた。「今言ったものの三倍くらいかしら。でも、これからもっとずっと大きくなっていくでしょうね。詳しいことはパパにきくといいわ」

「そうするわ。でも……ガイがお祖父様のところで働いているのは、どう考えても不思議ね」

「そうでもないわよ。ガイみたいな人はすぐそばに置いて目を光らしていないと危険じゃない？　お祖父様はよくこう言っているわ、過ぎたことは過ぎたことだって」

「そんなふうにあっさり過去が消えてくれたらいいんだけど」
二、三日すると、予期していたことだがフェリシティがスカイの着るもののことについて言いだした。「もう少し何かあったほうがいいんじゃない？」
「あら、これで充分ですわ」ぜいたくなドレスを買う余裕などない。スカイは用心深く答えた。

「だめよ、一緒にお買い物に行かなくちゃ。ディナードレスは持っていらしてないんでしょう？」

もう少しで〝この前着ましたけど〟と言いそうになったが、黙っていた。

「お金のことなら心配なさらないで。ジョー・アンも私もお買い物が大好きなの。小切手はいくらでも切れますしね」

「すてきですこと。でも、ご親切に甘えることはできませんわ」

「なんておばかさんなの。それに、お祖父様だってお望みなのよ。あなたがお断りしたらがっかりされますよ」

「そうですか。じゃ、私、お祖父様にうかがってきます」ゆうべも美しい琥珀（こはく）の小さな女性像をもらったばかりだ――〝中国の宋（そう）王朝のものだ〟という、まるでボンボンでもくれるような祖父のあっさりした言い方に目を丸くしたものだが――そうそうプレゼントをもらうわけにはいかない。

「どうぞ」ノックに答えたいかつい声はスカイの姿を見たとたん和らいだ。「今日は一日家にいられたらいいんだがな。私たちはお互いによく知り合わなくちゃならないんだからね」

「じゃ、いらっしゃったらいいのに」なんとなく肌が合うというのか、スカイはこの祖父には無理をせずに打ち解けることができた。

「それがそうはいかないんだよ。本当にこの……」

「あら、何か捜していらっしゃるのね？」

「ああ、極秘書類のファイルなんだがね」

「いい仕事にはきちんと片づいたデスクですわ。あっ、これじゃありません？」

サー・チャールズは差し出されたファイルを見ると、スカイの肩を引き寄せ、頬にキスをした。「家じゅうで捜しものできるのはおまえ一人だよ、スカイ」

「お祖父様、少しお疲れなんじゃありません？」

「あまりよく眠れなくてね。実は、おまえのことを考えていたんだよ。おまえがいてくれると家の中がまるで違う。私を置いていったりはしないだろうね？」

「まだ来たばかりですもの、そのお話はしたくありませんわ」

「笑い方までお母さんそっくりだ」いつもは厳しいブルーの目が悲しそうに曇るのを見るのはつらかった。「でも、いつかはしないわけにはいかないだろう？　弁解じみて聞こえるかもしれないが、話を聞いてもらえるかな？」

「それが何かの助けになるのかしら？」

「私の気が休まるんだよ。知っているかい、昔は私の髪もおまえと同じように赤かったんだ」

「ええ、ガイが言っていました。お祖父様は皆に自由なライオンのようだって言われていらしたって」

「そうだ、その言葉もずいぶん長いこと聞いていなかったな。そうか、ガイがそう言っていたか。ずっとここで暮らしてくれるわけにはいかないかな、スカイ。今、また、おまえを手放さなきゃならないと思うと……」

「今はそんなお話はやめましょうよ。それより、近いうちに会社にうかがっていいでしょうか？　見せていただきたいんです」

「いいとも。会議室で一緒にお昼にしよう。ところで、どうだい、フェリシティの言っていたパーティーは？　いやなことはしないでいいんだよ」

「実はそのことで……私、新しいドレスなんていらないんですけど」

「それは、また……そんなことを言う女性はおまえ一人じゃないかな」

「でも、必要なものは皆そろっていますし」

「なるほど、フェリシティに買い物に誘われたんだね？」

「私の着ているようなものはお気に召しません？」

「そんなことはない。おまえは何を着てもとてもきれいだ。でも、フェリシティがそう言うなら、言うとおりにしてやったらどうだね？　もっときれいになったおまえを見せておくれ。お金のことなら……そのくらいはさせてくれないか？　今まで何一つできなかったことだし」

「そうおっしゃるなら。でも、ぜいたくには慣れていないから私にとってはむずかしいことですわ」

「わかるよ。この世にはお金で買えないもの、世間的な成功よりずっと大切なものがあるってことはね。おまえはお金には執着がないんだね。私もそうだよ。ときどき、すべてをなくして最初からやり直してみたいと思うこともある」

「ガイみたいに?」

「そう、ガイみたいにだ」すっかりくつろいだサー・チャールズはスカイにというよりも自分に言い聞かせるように続けた。「ガイは私の座をねらっている。今のところはどうやったらいいのか自分でもわかっていないがね。妙に聞こえるかもしれないが、私はそんな彼を見ているのが楽しいんだ。ガイが孫だったらどんなによかったろう。だが、人生は意外にこんなものかもしれないな」

祖父を送って玄関に行くと、もうロールスロイスが待っていた。

「お父さんは私のことは何も言っていなかったかい?」

「ええ、ほとんど」

「そうだろうな、私を憎んでいたから」

「父は……過去を捨てきれなかったんです」

「だが、おまえを愛していた」祖父の声には羨望がこめられていた。「本当に立派に育て上げたものだ。人間は愚かなものだな、私たちも、もう少し利口になっていたら……私もお父さんもおまえのお母さんをあんなに愛していたのにな」

5

いよいよ、例の〝フェリシティのちょっとした集まり〟の晩だ。もう二週間になるというのに、ガイとは電話で一度話したきり、しかも、ジョー・アンにかけてきたので、ほんの二言三言だった。それでも、声を聞くといやおうなしにあの夜のことがよみがえってきて、控えめに受け答えしながら、もう二度とあんなことはするまいと改めて自分に誓っていた。

あっさりしたデザインに洗練された趣味を感じさせるくすんだ黄金色のレースのロングドレス、そして、フェリシティがどうしてもと言って貸してくれたエドワード七世時代風の西洋なし形の金のイヤリング。なんといってもスカイも若い女性、胸をときめかして支度をして、やっと一息ついた。鏡をのぞき込むと、いい具合にウエーブのかかった炎のような髪のせいでことのほか小さく見える整った顔が見つめ返してきた。普段より念入りにメイクアップしたおかげで大きなすみれ色の目がひときわ輝きを増して見える。仕上げに、バランスを考えて光沢のある深紅の口紅をつけた。

ラズベリー色のドレスのジョー・アンも、エレガントな黒に決めたフェリシティもさぞすばらしいだろう。一緒に買い物に行ってびっくりしたのだが、二人は着るもののこととなるともう夢中で、いかにすれば少しでも美しく見えるか、それが生きがいと言ってもいいようだ。一人でなら絶対に入らない、見るからに高級なブティックについていった。二人は常連らしく、お店の人々の恭しい態度といったら！　値札を見てまた驚いてしまった。一着のドレスがこの値段？　とても信じられない。確かに、フェリシティを見てもジョー・アンを見てもそれだけのことはあるような気もするが、やはり、度外れのぜいたくは罪悪なのではないだろうか。祖父がどういうつもりかは知らないが、働くことにしよう。ぬくぬくと無為に日を送るのは私の柄ではない。女性も男性も能力は同じという考え方の父のおかげで大学も出ているのが、今になるといっそうありがたかった。

時間を見て三十分後に部屋を出ると、長い回廊でウォーレンと一緒になった。

「すばらしいよ、スカイ、歩くゆりだな！」

「もう少し背が高かったらいいんだけど」お人好しのウォーレン。なんとなく温かいものがこみ上げてくる。母や妹に似て浅黒くハンサムなのだが、ウォーレンにはどこか心もとなげなところがある。

「そんなことない、完璧（かんぺき）だよ。君の目、そんなに大きかったかな。それにその唇は男を悩ます」

熱いまなざしを向けられ、なんとなく居心地が悪くなって、スカイはことさら軽い口調で答えた。「メイクアップのせいよ」

「なんのせいにしろ、すばらしいよ！」うっとり見とれているウォーレンは自分がスカイの手を握り締めているのにも気がつかないらしい。「君が来る前は、僕たち、いろいろ心配したんだ。でも、君は本当に宝物だよ」

「心配って、どんな？」

「いや、なんでもない。でも、君に会えるまでずいぶん長いことかかったのが不思議な気がするな」

「あなたのほうから会いに来てくれたってよかったのよ」

「正直に言うと、一度もそんな気は起こらなかった。でも、わかるだろう？　会ったこともないのに、いとこがいるなんてぴんとこないじゃないか」

「そうね。でも……私は寂しかったわ」

「今は家族がいるよ」ウォーレンはおずおずとスカイを抱き寄せようとした。どうしよう、困ったことになってしまった。どうやら案じていたとおり、彼にとってスカイは一人の美しい女性で、いとこ同士という間柄のことはきれいに忘れているらしい。

「ああ、ここにいたの！　ずいぶん仲よくなったじゃない？」近づいてくるジョー・アンをスカイは救われた思いで見つめた。

「スカイがあまりきれいなんで感心していたんだ」かすかに赤くなったウォーレンは急いで手を放した。

「見せて、スカイ」欠点は一つも見落とすまいという鋭い目。母娘だからと言えばそれまでだが、ときどきジョー・アンはびっくりするほどフェリシティに似て見えることがある。

「あなたったら、このドレスを買うときにさんざん迷ったくせに!」ジョー・アンの目が一瞬冷たく光った。

「初めから気に入ってはいたわ。でも、値段にびっくりしちゃったのよ」

「自分がだれかってことを考えたほうがいいわよ、これからは。今までとは違うんですもの」

「そうするわ。でも、毎日、こんなに高いものを買うことはとてもできないでしょうけど」

「そんなこと口に出して言わないでちょうだい。ここにいる間はメイトランド家の一員なんですからね、すてきに見えなきゃならないのよ」

「そんなにヒステリックになることはないだろう。スカイは、コーヒーの麻袋を着たってきれいさ。おまえじゃ見られないだろうけど」

「そう? 私が麻袋を着たところを見たことがあるっていうの?」まるで鼻先であしらっている。ウォーレンを頭からばかにしているのだ。「スカイ、あなた、ものすごくすてきよ」

「ありがとう」兄妹のやり取りにあっけに取られ、スカイはつぶやいた。「あなたもよ」

「当然よ。メイトランドの女性はお祖父様の財産ですもの」

「パーティーでは楽だよ。でも、会議室ではどうかな?」ウォーレンが皮肉な声で口をはさんだ。「どうだい、一日じゅうあそこで座っているっていうのは?」

「ここで座っているのもあそこで座っているのも同じでしょう? 私がお祖父様のご自慢の孫だからってひがまないでちょうだい」

ウォーレンの目が憎々しげに光るのを見て、スカイは慌てて目を伏せた。兄妹が憎み合うなんて……。

「おまえは最低なやつさ、ジョー・アン!」

「ね、やめて」スカイは勇気を出して割って入った。「せっかくのパーティーの晩じゃない、ね?」

「そうだったな」ウォーレンはかろうじて自分を抑えた。「わかったろう、スカイ、僕はこの家のやっかい者なのさ」かすかに震えを帯びた苦々しげな声にいたたまれなくなってくる。

「そんなことないわ」

「ねえ、お祖父様がウォーレンとアドリエンヌの婚約を承知したわけがわかる? リアドン家は皆頭がいいのよ。アドリエンヌなんか学位を取るのに大わらわ。あれで結婚する暇あるのかしら？　とにかく、リアドンの血がまじると利口な子供が生まれるんじゃないかってわけなのよ。それじゃね」

「悪かったね、スカイ」ウォーレンは豪華なドレスをひるがえして滑るように遠ざかっていく妹の後ろ姿をにらみつけた。「子供のころからこうなんだ。ジョー・アンはアドリエンヌを嫌っているしね」

「いいのよ。あなた方のことわかるような気がするわ」

「それにしても、ずいぶんご機嫌斜めだな！　君がきれいなのが気に入らなかったのかな？」

「そんな、まさか！」とは言ったものの、いかにも確信なさそうな声になってしまった。

「知らないだろうけど、ガイが君を迎えに行くって聞いたときのジョー・アンの大騒ぎといったら！」

「なぜ？　何か起こると思ったのかしら？」

「そうだな、ガイが君のとりこになるかもしれないと思ったんじゃないか。ガイのことはあきらめたほうがいいのに、あいつもママもこうと思ったらしつこいからな。ママなんかあの二人がもう婚約しているみたいな口ぶりだろう？」くやしまぎれに勢い込んで話していたウォーレンは不意にがっくりと肩を落とした。「でもね、ずっとやっかい者扱いっていうのはいやなものだよ」

「そんなふうに言っちゃいけないわ、ウォーレン」

「お祖父様はメイトランド社を一代で築き上げたんだ。ジュリアン・リアドンみたいに受け継いだわけじゃない。貧しい移民としてやってきて、今は、この国最大の財閥だ。こんな人のまね、だれにでもできるってものじゃない。パパだって影が薄いよ」

苦しそうな目を見ていると、こちらまでつらくなってくる。「お金と力のあるビジネスマンだけがすべてじゃないわ。もっと別のものが、そうよ、もっといいものがあるのよ。自分にできることをする、それが幸せなんじゃない？ あなたの話を聞いていると、お祖父様に頭からすっぽりのみ込まれているみたい。お祖父様はお祖父様、あなたはあなた。それでいいじゃないの。父は立派な学者だったけど、お金はなかったわ。ずいぶんやりくりしたものよ」

「お父さんは君を対等の人間として扱ったろう？」

「そうね、ほとんどね」スカイはにっこりした。

「笑い事じゃないんだ。言うのは簡単だけど、君が言ったようにさせてくれないような環境じゃどうしようもないだろう？ 〝じゃ、さよなら〟って言うわけにもいかないし」

「あら、なぜ？」

「なぜだって？」ウォーレンは信じられないというようにスカイをまじまじと見つめた。

「君はできが違うのかもしれないな。でも、僕は怖いんだよ、遺産の分け前をなくすのが。大金持の家で育ったってことは、僕はいまだにお祖父様にしがみついている、一人じゃ何もできない子供だってことさ。力があるのはお祖父様一人、あとは皆が寄りかかっているだけだ。以前ママは気が狂うほど心配していたよ、もし、お祖父様が再婚でもして子供が生まれたらってね。ママは欲張りなんだ。今だって、遺言が書き直されて、君の分が多くなるんじゃないかって気をもんでいるだろう、きっと。お祖父様が目を光らしていなかったら、メイトランド社は丸ごとガイの手に渡るだろうな。パパには手も足も出せやしないよ。お祖父様ももう年だし、どうなることやら」

「でも、あなただって株主なんでしょう?」

「それはそうさ。大金持じゃないけど、普通以上の暮らしはできる」

「だったら、いいじゃないの」

「まあね、運がいいほうだとは思うよ」

「それに自分を責めるのもやめなくちゃ。だれかに迷惑をかけているわけでもないし。あなたは自分に期待しすぎるのよ。本当に力のある人なんてめったにいるものじゃないわ。あなたも私たちと同じ普通の人間だってことよ」

「ただ、並でない人間に囲まれてはいるけどね」ウォーレンは打ち明け話でもするように声をひそめた。「お祖父様がガイに普通以上の関心を寄せたときは、正直言ってひどく憎らしかったよ。パパもすっかり怒っちゃって。でも、ガイは親切なんだ。信じられるかい、ああいうタイプの人間が親切だなんて？　わからないことがあっても怖くてお祖父様にはきけやしない。パパだっていらいらするだけさ。で、一度契約のことでどうしようもなくてガイにきいたんだ。そうしたら、丁寧に説明してくれるんだよ。お祖父様と同じでどんなことでも一目でわかるらしい。本当に妙なやつだよ。何を考えているか見当もつかない。わかるだろう、この感じ？　アドリエンヌとの結婚に賛成じゃないのはうすうす感じているんだけどね」

「なぜなのかしら？」

「わからないな。でも、どういうわけか、アドリエンヌは僕を愛しているんだ」

「あなた、もっと自分に自信を持たなきゃ」

「君、会ったばかりのいとこに親切なんだね」ウォーレンは炎のような赤い髪に戯れるシャンデリアの光に魅せられたようにわずかに身をかがめた。

こういうときは逃げるに限る。スカイは見事な額縁に飾られた美しい絵の何枚もかかった回廊を歩き始めた。「さあ、行きましょう」

「そうだね」ウォーレンはさっきよりずっと明るい表情になっている。

なんとなく気の毒になって、スカイは立ちどまると差し出された腕を取った。「いろいろ教えてね。こういうパーティーは初めてなのよ」

やっとガイとアントーニアが現れた。スカイは心の動揺が顔に出ないことを祈った。

「なんておきれいなんでしょう!」サー・チャールズにスカイを紹介されたアントーニアは大きく目を見開いた。「お母様よりおきれいなんて、そんなことがあるのかしら?」

「ありがとうございます」とても悲しそうな目をした人。けれど、その目はスカイに温かく笑いかけていた。「母をご存じでいらっしゃいますのね? いつか、お話をうかがわせていただきたいですわ」

「こうしてあなたを見ているだけで、それはいろいろなことが……。よろしかったら、いつでも遊びにいらしてくださいな。ガイがお連れしますわ」

「ええ、ぜひ」スカイは笑みを返した。

アントーニアは五十四、五歳だろうか、黒いシフォンのドレスを品よく着こなし、見るからに気品のあるレディだが、まるで燃え尽きてしまったようでまともに見るのがつらいほどだ。

「元気そうだね、ちびさん」

「私も同じことを言おうと思っていたのよ」懐かしい声。気後れしてならないのに、スカイは勇気を出してきらきら輝いている目を見つめ返した。

「それじゃ、今、日を決めてしまいましょうか?」アントーニアが言った。

「そうですね」ガイは、スカイの手を取ってそっと唇をつけた。

「水曜日はいかが？　いつもガイがお食事に来る日なんですけど」

「あの……今度の水曜でしょうか？」ガイとまた会える——軽いおののきが走り抜けていった。

「ご都合が悪ければ別の日でもよろしいのよ」

「いいえ、けっこうです。楽しみにしております」

「私もですわ」

大きな長方形のダイニングテーブルには見事な銀器や陶器が並び、繊細な細工のクリスタルがシャンデリアの光を受けてきらきら輝いている。二十人ほどのお客は皆席につき、レースの襟のついた黒い制服姿のウエイトレスたちが並んでいる。スカイは自分が少しものおじせずごく自然に振る舞っているのに我ながらびっくりしていた。

男性はもちろん黒の蝶ネクタイで正装、そして、女性は皆、目を奪うような装いをこらしている。隣家のレディ・ダニエルは見事なダイヤモンドのブローチをつけている。彼女はかなり話好きとみえて、次から次へと話題がとぎれず、アントーニアさえ、時折くすくす笑っている。

「それにしても、このお嬢さんを見ていると、嘘のような気がしますわ。なんだか二十年前に戻ったよう。本当にデボラに生き写しだこと。この大きなすみれ色の目をごらんなさいな」レディ・ダニエルはスカイににっこり笑いかけた。「よく帰っていらしたわ、あなたのおうちに」

「では、私の孫、スカイに乾杯を」サー・チャールズの合図で皆グラスを上げた。

「これで、全部があるべきところにおさまったわけですわね」フェリシティとジョー・アンが一瞬表情を硬くしたのを見逃すようなレディ・ダニエルではなかった。「ジョー・アンもお友達ができて、本当によかったことね」

「ええ、ずっと神様に感謝しておりますわ」さすがにジョー・アンも負けてはいない。

「神様よりガイに感謝したほうがよろしいんじゃないかしら？　スカイを連れてきたのはガイだとうかがいましたけど」

当然のことだが、フェリシティがさりげなく話題を変え、この話は打ち切りとなった。もう一人の隣人である、高名な建築家ダーク・ブライアントに尋ねられて、スカイは今までの仕事のことを話しだした。

「そのヘンダーソンというのは何をしている人だね？」スカイから目を離そうとしないサー・チャールズがさっそく会話に加わった。

「広報関係のコンサルタントですよ。ここにも支部があります」スカイが答えようとするより早く説明したところをみると、ガイもずっとスカイの話を聞いていたのだろう。

「そうだったな、そういえば聞いた覚えがある」

「ずいぶんいろいろなことを扱っていたんだろう、スカイ？」ガイはテーブル越しに話を続けた。

「ええ、政治以外のことは。会議のアレンジとか、旅行会社のPR用のパンフレット作りとか、いろいろと。商学部を出てすぐ、ジェームズのところで働き始めたんです」

「えっ、商学部っておっしゃったの？」レディ・ダニエルは驚きと感心の入りまじったような顔をした。「まあ……魅力的なお嬢さんが商学部ですって？」

「とても面白いものでしたわ」

「そうかしら？　私なら退屈で死にそうになると思うけど」ジョー・アンが口を出した。

「そんなことないわ、ジョー・アン。やってみると面白いのがわかるんだけど。私は行動派らしいですわ。ジェームズに商売向きだって言われましたし」

「そんなはずはないよ」サー・チャールズは上機嫌そうに笑いながら、スカイの手を軽くたたいた。「女性に仕事は無理だ。洞察力、攻撃力——こういうものは皆、男でないとな」

「それは違いますわ、お祖父様」またいつものとおりの話の展開。女性は飾り物ではないのに。「女性には充分に力を発揮できるような場がないからです」

その一言でなんとなく座が白けてしまった。どうやら、祖父もこういう話題は気に入らないらしい。

「まあ、どうしたっていうの？　スカイったらお祖父様に逆らうつもり？」そのままたち消えにしたほうがよかったのに、いたずら好きなジョー・アンのおせっかいで、そうもいかなくなってしまった。

「私が言おうとしたのは、女性にも男性にひけをとらないほど大きな仕事を成し遂げる力があるっていうことなのよ、ジョー・アン。ボスよりも頭の切れる有能な女性だっているわ。だから、私、女性の仕事は雑用だけっていう意見には賛成できないの」

「いいぞ！」真顔で聞いていたガイが口をはさんだ。「君はまだ洗脳されていないわけだ」

「どういう意味？」ジョー・アンは不安そうにガイを見つめた。

「そうは言うがね、スカイ、ほとんどの女性にはそもそも野心というものがない。そこが問題だよ」

祖父の穏やかな、けれど頑とした口調、それにガイもほどほどにしろというように目顔で合図しているが、スカイは続けた。「いいえ、お祖父様、男性社会では女性が野心を持ってもどうにもならないからです。女性にチャンスさえ与えられれば、企業間の戦いだって和らげられるでしょうし、競争も攻撃的ではなくなるんじゃないでしょうか？」

「あら、あなただってずいぶん攻撃的なんじゃない？」ジョー・アンは茶化すように薄笑いを浮かべた。「キャリアウーマンだったからかしら？」

「女性ははっきり自分の意見を言っちゃいけないってこと？」この辺でストップしたほうがよさそうだ。スカイは冗談にまぎらすようににっこりした。「でも、結局、その人によるってことですわね。女性の中にも私とは正反対の考え方の人もいますもの」

「そういえば、ジーン・マッキンタイアなら優秀なセールス・マネージャーになれそうなんだがな」

「急に何を言いだすんだ、ガイ？」ジャスティン伯父のびっくりした顔。もっとも、一般論から突然具体的な人事の話になったのだからそれも無理はない。

「だってメイソンよりずっと有能じゃないか」

「それはまあ……でも、男性相手に交渉するのは無理だよ」

「そんなことはない。ジャスティン、時代は変わったんだ。ジーンならどんな相手とでも互角にやっていけるよ。次の重役会議にこの案を出してみよう」

「ねえ、皆さん、もうお仕事のお話はよろしいじゃありませんの」

おずおずと言いだしたフェリシティをさえぎるように今まで黙っていたサー・チャールズが口をはさんだ。「ガイ、ちょっといきすぎじゃないかな？　私も確かにマッキンタイアを買ってはいる。だがね、女性に管理職は無理だ」

「だから、さっき言ったようにチャンスが与えられないからですわ」

「もうこの辺でやめようじゃないか、スカイ」残念だが、祖父はスカイの革新的な意見にいっこうに興味を引かれたようには見えなかった。

「女性の起用はメイトランド社にとって画期的なものだと思いますね」今度はガイ。いくらガイでもこんなにはっきりサー・チャールズにたてつくようなことを言っていいのだろうか？「頭脳の半分を眠らせておくなんてもったいないことでしょう。アドリエンヌもつい最近、断られたばかりですが」

「だが、それは……」

「能力がないというのなら、当然のことです」ガイはサー・チャールズをさえぎって平然と続けた。「だが、偏見だけとなると……。採用になったビル・モリソンも悪くはないが、能力という点からみれば、アドリエンヌが断然上です。重役の中にどうしても反対という人が一人いたおかげで……」

「ちょっと待ってくれ、私は別にそういうつもりじゃなかったんだ」どういうわけかガイが相手だと、ジャスティン伯父はいつも受け身だ。

白けたどころかひどく険悪な空気になってしまった。はらはらしていると、思いがけず、アドリエンヌが口を開いた。「そうでしょうか？」

「決まっているだろう、君は息子の妻になる人だ」

「それでは質問の答えにはなっていないな」

鋭い目で妹とジャスティンを見比べているガイの頑とした様子にサー・チャールズが取りなすように言った。「どうだい、話の続きは図書室の方ですることにしては？　ご婦人方にはその間一休みしていただこう」

というわけで一同は席を立ち、スカイはアントーニアと並んで居間に向かった。「ジャスティン伯父様、本当にアドリエンヌの採用に反対なさったのかしら?」

「当然のことですわ。お気づきでしょう、うちとこちらとの間には、わだかまりが……」

「よくわかりませんわ。だって、ガイはお祖父様の下で働いていらっしゃるし、アドリエンヌはウォーレンと……」

「私は賛成じゃありませんのよ」アントーニアは悲しげな目で辺りを見まわした。「以前はあの壁にラッセルをかけていたものでした。この国最初の印象派の一人よ。大好きな絵でしたわ。ウォーレンには気力がありません。あの二人が幸せになれるはずはないのよ。ガイももちろん気にしていますわ」

「でも、愛情って理屈では割り切れないものじゃありません?」

「アドリエンヌはウォーレンを愛してなんかいやしませんよ。ジュリアンが亡くなってから、あの子はもうだれにも何にも興味を示そうとしなくなって。私たち皆、すっかり変わってしまいましたの。ガイだって、以前はあんなに……」

適当な言葉が見つからないのか、アントーニアはそれきり口をつぐんだ。

ガイのことならどんなことでも聞きたい。けれど、

「本当に大変なことでしたわね」

「ええ、ジュリアンはさよならも言わずに……」

「ここには思い出が多すぎるんですわ。おつらいでしょうね」

「あなたのお祖父様、この館のオークションのときは、皆がびっくりするほどの高い値をおつけになって」

「祖父を憎んでいらっしゃるんでしょうね?」

「いいえ。憎しみなんてとっくに通り過ぎてしまいましたよ。あなたはご立派ね、お祖父様にもはっきりものをおっしゃるし。ガイもその点では同じですけど」大きな安楽椅子に落ち着いたアントーニアは寂しげにほほ笑んだ。「あなたには勇気が、強さがおありだわ。ただ、お祖父様がどうお思いになるかしらね?」

「私の性質は父の教育の結果ですわ。でも、祖父には私を嫌うことはできないと思います。だって、今まではどうであれ、とにかく私は祖父を愛しているということを見せるためにここに来たんですもの」

「お祖父様を愛していらっしゃる?」

「ええ……肉親って不思議なものですわね。私、祖父に似ていますでしょう?」

「ええ、びっくりするくらい。お祖父様はとてもハンサムな方よ、強くて厳しすぎるところはありますけどね。でも、あなたにはお母様の優しい愛らしさがそのまま、それにお父様にも似ていらっしゃるわ。一度しかお目にかかったことがありませんけれど。お祖父様がなぜ、あれほどお怒りになったのか、不思議でならなかったわ。だって、結婚に反対する理由なんか見当たりませんでしたもの、お父様はご立派な方ですし」スカイの目に涙が浮かぶのを見て、アントーニアは口早に続けた。「ごめんなさいね、本当に無神経なことを言ってしまって。でもね、過ぎたことは過ぎたことよ。もう取り戻すことはできないわ……」

それからしばらくして男性たちが加わり、居間にはいくつもの小さなグループができた。

「今夜はまた特別きれいだね、スカイ。ただ……残念なことにおとなしくはしていられないらしいな」

「それはあなたも同じじゃない、ガイ?」

「やれやれ、ときどき、中世の暗黒時代に生きているんじゃないかって思うことがあるよ。どう、テラスに出てみないか?」

「ジョー・アンのお許しをもらわないでいいの?」さっきからこちらをちらちら見ているジョー・アンの鋭い目に気づいていたスカイは声をひそめた。

「何かするのにだれかの許しをもらう必要はない」

「運がいいこと! 男の人は得ね」

「大丈夫、君に女らしく何にでもはいはいって言えとは言わないから」

「伯父様、なんて言ってらした?」花の香りのまじった夜気はさわやかで目の覚めるような心地がする。

「どんな質問にもいやな顔をするだけさ」

「じゃ、なぜ、一緒に仕事をしているの？」

「家族のためだ」

「とっても弱いところね」

「弱いところっていえば、ウォーレンをとりこにしちゃったね。今夜は君から目を離さなかったぞ」

「ウォーレンが？」

「君が家族の一員だってことがわかっていないみたいだな」

「そんなことないわ。誤解よ」

「そうでもないさ。でも、肉親に恋するなんてまったくばかげてるよ」

「そんな言い方よして」嫉妬に狂ったフィアンセが今にもつめ寄ってくるような気がして、スカイは辺りを素早く見まわした。「ウォーレンが私に好意を持っているのは知っているわ」

「そんな生やさしいものじゃないね、すっかり夢中だ。この調子だと、アドリエンヌには飽き飽きしているって皆に思われかねないな」

「だったら、私の帰りの飛行機のチケットを用意してくれたほうがいいんじゃない？」

「まだだ」ガイはスカイをじっと見つめた。「もうしばらく仲のいいいとこの役をしてくれるとありがたいんだがな」

「ウォーレンを夢中にさせろっていうの？」

「そうは言っていない。ただ、アドリエンヌの目を覚まさせられたらと思ってね」

「陰謀はお断りよ」スカイは聞き取れないほどの小声でささやいた。「私、ばかじゃないわ。何をたくらんでいるのか知らないけど、巻き込まれるのはいやよ」

「君はもう巻き込まれているさ」一歩近づいたガイはいきなりスカイの腕をつかんだ。目を上げると、ほのかな黄金色の明かりに彫りの深い顔が浮かび上がっている。ぐいぐい引きつけられていくのが自分でも怖いほどだ。「お願い、ガイ」

「お願いってなんだい？」

「わかっているはずよ」

「僕がさわるとどうにかなるのかい？」

「ええ、すぐあざができるの」

「君を傷つけるようなことを僕がすると思うか？」

「でも、こうしているのがいやなの！」

「波風を立てるもとになったのはだれだい？　だれにも反対されたことのないサー・チャールズもずいぶんびっくりしているだろうな」

「そう？　ついさっき、あなたも私と同じだって聞いたばかりよ」

「でも、それはいいことじゃない、そうだろう？」

「私はずっとここにいるわけじゃないわ、ほかの人たちみたいにしなきゃならないことはないでしょう。ジョー・アンとはお友達になれたらと思っていたけど、あの人、私に敵意を持っているわ。その気持もわかるの。私はこの家族に無理やり押しつけられたんですもの」

「何かいやなことでもあったのかい？」

「今のところは別に。でも、そのうちジョー・アンが何かするんじゃないかしら。いいの、私、帰るから。家はあるし、仕事もまだあるといいんだけど」

「あるに決まっているさ。ヘンダーソンは君が気に入っている。もちろん、能力も買っているけど、何よりも一人の美しい女性としてだ。こんなふうに言うと怒られそうだけど事実だからね。これは働いている女性には必ずつきまとうことだ。だから、夢中になられてもけろりとしていられる女性だけがボスにふさわしいってわけさ」

「でも、あなたはだれにも夢中になりそうにないわね」スカイは硬い声で言った。「それに、ジェームズは私を男の子並みに扱ってきたわ」

「だけど、君は男の子じゃない」何がなんだかわからないうちに唇が近づいてきてすっとかすっていった。「少なくとも僕にはそうは見えないな」

ハイヒールの足音がして薄暗がりを透かして見ると、ジョー・アンだった。「いらっしやいよ、パーティーの最中にこんなところにいるなんて！」

「そうね、私のためのパーティーですものね」

「本当にどうかしているわ、スカイ」とげのある声。緊張した雰囲気を気取られてしまったのだろうか？

「ここもなかなか居心地がよかったよ。スカイをできるだけくつろがせてあげようと思ってね」

「お祖父様のお気に召さないと思うわ。ちょっとの間もスカイなしじゃいられないんですもの」ジョー・アンはガイだけではなく祖父のことでもスカイにやきもちをやいているのだ。

「ジョー・アン、今のところは私が珍しいからよ。これで何週間かたってごらんなさい、何もかももとどおり。それに、私ももうここにはいないし」

「お祖父様が行かせるものですか」

「そうはいかないわ。皆にとってもやっぱり私は家に帰ったほうがいいのよ。それに、私、へそまがりでしょう、ぜいたくな生活には向かないの。早く戻って働きたいわ」

「まあ……信じられない！　キャリア・ウーマンって平凡すぎて結婚相手が見つからないから働いているんだとばかり思っていたわ！」

「そうかな？　並の女の人のほうが長いこと結婚生活を続けられると思うがな」

「もう中に入りましょう」スカイは向きを変えた。

「そのほうがいいわね」ジョー・アンはしなやかにガイの傍らに立つと腕を取った。「明日のヨットの約束は？　お天気はよさそうだし、もう長いこと乗っていないわ」

「君も来るかい、スカイ？」

「だめ、私、泳げないもの」ガイはとても信じられないという顔で見つめているが、ジョー・アンを下手に刺激しないほうが利口だ。「それに、日に焼けたくないし」

ジョー・アンは安心したようににっこりした。「そうね、あなたはずっと海から遠いところに住んでいたんですものね」

「でも、ここにいればじきに海にも慣れるさ」

6

翌朝、ジェレミーからのなんとも奇妙な手紙を読んでいるところへジョー・アンが入ってきた。「お祖父様が書斎でお呼びよ」

「わかったわ」スカイは手紙を読むのをやめた。この手紙のことを考えるのはあとにしよう。

「あら、お手紙？　どうしたの、そんな真剣な顔をして？」

「ええ、ちょっとびっくりしているの」一週間前の手紙にはシドニーで仕事を探そうとしているとあったのに、今度はメイトランド社に就職することになったと書いてある。いかにも母親にあと押しされて、ジェレミーのやりそうなことだ。「友達なんだけど、メイトランド社の法律部に入ったんですって」

「なんだか怪しげね。あなたがすすめたの？」

「そんなはずないでしょう？　ジェレミーに来てほしくなんかないわ」急に、ひどくばからしく思えてきて、スカイは笑いだした。「いやだわ、ややこしくなっちゃって！」

「本当にそのファンが気に入っているかどうか、彼がこっちに来る前にはっきりさせるべきよ」

「電話したほうがよさそうね。困ったわ」

「それより、その人で我慢しておいたら？　知っているのよ、ゆうべのこと。でも、ガイはあなたの手の届く人じゃないわ」

「そうね、あの人はつかまえどころがないわ」ジェレミーの手紙だけで充分ショックなのに、このうえジョー・アンの機嫌までとらなければならないのだろうか？　だが、仕方がない。「なぜ、私に腹を立てるの、ジョー・アン？　ずっとそうだったわね」

「そんなことないわ」

「私はお友達になれたらと思っていたんだけど」

「それはどうやら無理なようね！」抑えていたのがとうとう爆発したような激しい言い方だが、当惑した顔を見ると憎めなかった。「お祖父様はいつもあまり話しかけたりはなさらなかったけど、少なくとも私がここにいるのは知っていらしたわ。それなのに、あなたが来てからは、あなたばっかり……」

「それは、私の中に母を見ているからなのよ。少しはお祖父様の心の平和ってことを考えてあげられない？　私だって大きな犠牲を払ったのよ。ここに来るのは、父を裏切るのも同じだったもの。でもね、父はいつも、自分のことは自分で決めるようにって言っていたの。だから決めたわ」

「そうね」ジョー・アンはゆがんだ笑みを浮かべた。

「何か言いたいことがあるのね？」

「あなたは自分で決めてここに来たわ。その権利があるもの。それはわかっているけど、お祖父様がとんでもないことをするんじゃないかって……」

「私に分け前以上のものをくれるとか？」

「あなたも考えていたわけね、そんなことを言うところをみると」ジョー・アンは急に気が抜けたというように、傍らの椅子にへたへたと座り込んだ。「やきもちなんかやきたくないわ、でも……」

「そんな必要ないわ、本当よ。私、お金には興味ないの」

「そうかもしれないわ。でも、あなたがいらないって言ってもどうにもならないのよ。お祖父様はもうパパに遺言の書き換えのことを話したらしいわ」

「だったら、そのお金は何か役に立つことに寄付するわ。私、ぜいたくに暮らそうとは思わないの。それはもちろん、子供たちが自由に跳ねまわれる大きな家は欲しいし、あまりお金の心配をしたくはないけど。でも、ロールスロイスで子供たちを学校へ送り迎えする必要はないの」

「あなたって変な人ね、スカイ」

「そんなことないわ。普通でない暮らしをしているのはあなたのほうよ。なぜ、大学に行かなかったの？」

「本当は行きたかったんだけど、勉強をさぼりすぎて、行くだけの力がなかったのよ」

「今からでも遅くないわ、やってみたら？」

「とてもできそうにないわ。それに、働く必要はないもの。皆、お金のために働くわけだし、そのために大学に行くんでしょう？」

「でも、働くのっていいことよ。私、一日じゅう家で座っているなんて考えただけでぞっとするわ」

「そう？　でも、私は慣れているから。それに、ママのお相手もしなきゃならないし」

「わかるわ、私もいつも父と一緒にいろいろなことをしたもの」

ぷつりと会話がとぎれ、やがて、ジョー・アンは今までになくまじめな優しい声で言った。「あなたのお父様を知っていたらよかった。お祖父様があんなに頑固じゃなかったらね。そうしたら、私たち、一緒に大きくなっていただろうし、私だって今みたいじゃなかったでしょうに」

喉もとに熱いものがこみ上げてきた。ジョー・アンもいい人なのだ。「本当にそうだったらよかったのにね。でも、今からだって遅くはないわ。私はいとこが欲しいし、あなただってそうだと思うの」

書斎に入っていくと、祖父は安楽椅子でくつろいでいた。

「何かご用、お祖父様？」スカイはいつも父にしていたように、祖父の肩を優しく抱いた。

「正直言って、おまえの顔を見ないことには日も夜もないようになってしまってね」サー・チャールズはスカイの腕をしっかり握り締めた。

「それは、三人の孫のうちの一人ですもの」

「でも、とても大切な一人だ」

「ジョー・アンはお祖父様が少しもかまってくれないって誤解してひどくしょげていますわ」

「そんなことを言っていたのかね？」

「まさか。でも、私ばかりをちやほやしてくださるから」

「本当におまえのほうがいいんだから仕方がない。私にこんなふうに気軽に話しかけたり手を握ったりしてくれるのはおまえだけだ。ウォーレンに何か尋ねると青くなるし、ジョー・アンのくだらんおしゃべりにはうんざりだよ。あれでガイの心をつかめると思っているとはな！」

「お祖父様は少し厳格すぎるんじゃないでしょうか。ご自分が頭がいいからおばかさんには我慢できない。でも、ウォーレンもジョー・アンもそんなにおばかさんじゃありません。

ただ、お祖父様の前だと硬くなっておどおどするから、お祖父様はいらいらなさる。悪循環ですわ」

「そうか。じゃ、おまえはどうなんだい？　私の前でもちっとも窮屈そうじゃないし、ゆうべみたいに私を悩ますし」

「ごめんなさい。そうでしたの？」

「ああ」

「戦術が悪かったんだわ。正攻法でなくすればよかったんですわね？」スカイは屈託ない笑い声をあげた。「本当に女性より男性のほうが優秀だと信じていらっしゃるんですか？」

「もちろんだよ」

「まあ、それじゃ、望みがないわ。それはただの神話なのに」

「議論をしたい気分じゃないんだがね」

「議論なんて、そんな。それなら実例をお見せしますから私にお仕事をください」

「とんでもない！」サー・チャールズはびっくりして目をむいた。

「わかりました。それなら、もうここにはいられません。私、一日じゅうぶらぶらしていたくないんです」

「おまえのいとこたちみたいにか？」

「いいえ、そういうつもりじゃ……ごめんなさい。でも、お祖父様、私、仕事が欲しいいんです。くださらないようなら、家に帰るよりありませんわ」

「おまえの家はここだ」

「そうだったわ、私には家が二つあるんだわ。でも、あちらにはとってもきれいな庭があって、今、ご近所の方に世話していただいているんですけど……いい加減にはっきり決心しないと」

「そのとおりだ！」興奮した様子などめったに表に出さないサー・チャールズだが、今は声が震えていた。「だが、どこにも行かせるつもりはない。それはわかっているはずだよ。おまえが赤ん坊のとき、私は……一生後悔してもし足りない過ちを犯した。私もおまえのお父さんも負けず劣らずデボラを愛していたのに……。私はずいぶん悔やんだよ。お父さんも同じだったろう。お互いにデボラの死を責め合ってな。だが、あんなに若くして亡くなってしまったなんていまだに信じられないんだ。おまえやジョー・アンが今に子供を産むと思うと、ぞっとするよ」

「もう二十二年前に過ぎてしまったことですわ、お祖父様。今は危険性も少ないし、何百万人もの赤ちゃんが無事に生まれているんですよ」

「そうだな」大きく吐息をついた祖父が急に老けて疲れて見え、胸が締めつけられるような思いがする。

「私も昔のようにタフではない。ずっとそばにいておくれ」

「お祖父様はお元気よ、気弱なことは似合わないわ」スカイは再び祖父を抱き締めた。「お仕事のこと、どうでしょう？　もし、お気に召さなかったら、いつでもくびにしてくださっていいんですけど」

「いったいどういうわけでそんなに働きたがるんだい？　なんといっても女は家にいるのが幸せだよ」

「例外もあるんです」

「だが、ばかげているよ。孫娘が私のところで働くだって！　なんてことだ、孫娘が働かないですむように私が働いているのに」

「でも、この孫娘は働きたいんです。お祖父様、私はお祖父様にそっくりなのよ」

茶目っぽい口調に笑いだすかと思っていたが、厳格で超然としたサー・チャールズは大きく体を震わせ、ため息まじりにつぶやいた。「好きにするといい。とにかく、どんなことがあっても私はおまえを失いたくないんだ」

アントーニアを訪ねる約束の水曜日、夕方迎えに来たガイに働くことにしたと言ったが、彼は少しも驚いたようには見えなかった。

「最初は反対されたけど、やっとお許しが出たの」

「大したものだよ、君は」

「だめなら家に帰るって言ったのよ」

「よくそんなことが言えたな！」

「だって本気ですもの」

「そうか、君は確かに、サー・チャールズに似ているよ」

「私もそう言ったわ、お祖父様にそっくりだって」

「でも、変形版だ」

「皮肉も謎々(なぞなぞ)もお断り。本当は腹を立てているんでしょう？　わかっているわ」

「もしそうなら、よくそんなにのんびり座っていられるな。僕がいつどんな気を起こすとも限らないんだぞ」

「できるんなら、どうぞ」

「いや、手のうちを見せるようなまねをするつもりはないね」ガイは喉の奥で低く笑った。

「で、どんなことをしたいんだい？」

「今までの経験を生かせることとなると、やっぱり広報関係ね。スミスフィールドの新しい工場建設にずいぶん反対が出ているんですって？　私に住民たちとの交渉をまかせてもらえないかしら？　理屈に合った説明をすれば納得してもらえるわ。環境面での調査結果はもう読んであるの」

「驚いたな、どこで手に入れた？」

「お祖父様のデスクからちょっと借りたのよ」

「やれやれ……それじゃ、大まかな線をレポートにして出してくれ。その前にまず細かい点も説明しなきゃな。でも、現場に行って、たくさんの人と話をしなければならないんだよ」

「車を一台用意してもらえればそれでいいわ」

「わかった、明日にでも」

「じゃ、賛成してくれたのね？　となると、なんとかやれそうな気がしてきたわ」スカイはにっこり笑った。

「ヘンダーソンが、君のことを目から鼻へ抜けるようだって言っていたな」

「それはどうも！　そういえば……ジェレミーのこと覚えている？」

「ああ」

「あの人、法律部に就職したんですって」

「メイトランド社の？　君がすすめたのかい？」

「文句を言いたいのね？　でも、その辺でストップ。実は私も驚いているのよ。ここに来る決心をする前に、もう私たちの間は終わったってはっきり言ったのに」

「当然だね、彼は上品ぶりすぎる」

「無理やりベッドに誘い込まないからってばかにすることないでしょう？」

「そんなこと、だれが言った?」

「あなた……忘れさせてくれないのね?」

「それは無理さ」

あなたは魔法使いみたい、ただそばにいるだけで体が溶けていってしまうんですもの。心の中でつぶやきながらスカイは冷静に理屈を並べた。「あの日は私たち二人共とっても緊張していたし、ひどいショックにもあったから……あなただってそれはわかっているはずよ」

「思い出すとぞっとするかい、スカイ?」

フラットの地下の駐車場に着いてほっとした。この話題をこれ以上続けるのは危険すぎる。

「母は君に会うのを楽しみにしているんだ」

「お母様はとってもお寂しいんじゃないかしら」

「ああ」見下ろしている銀色の目が、光の加減か透き通るように見える。

「あなたもアドリエンヌみたいに結婚することにしたら? お孫さんを見せてあげなくちゃ」

「この前もそう言ったな」

「だって、自分の孫がいたら愛さずにはいられないわ。女性には愛するものがたくさんあるけど、中でも子供が一番よ」

「いや、妻には僕を一番に愛してほしいね」

「それはもちろん、あなたの次にってことよ。あなたはものすごく世話がやけそうですもの」

「どんなふうに?」

「今は説明している暇がないわ」

「それじゃ、送っていくときに聞かせてくれ」

「ようこそ、スカイ!」ドアを開けたアントーニアはこの前のパーティーのときに比べると、ずっとリラックスして元気そうに見えた。「来てくださって本当にうれしいわ」

「なんてすてきなお住まいでしょう!」シドニーでも古い一角にあるこのフラットにはお決まりの四角い箱のようなイメージはなく、かなり手を入れたのだろう、港を見下ろす大きなガラス窓のおかげで明るく、とても住み心地がよさそうだ。

「どれを手放してどれを取っておくか、それは悩みましたのよ。ここ全部でもとの家の居間一部屋分の広さしかありませんでしょう。ですから、いやおうなく競売に出さないわけにはいきませんでしたわ」

「ハンティンドンのあの家は本当にすばらしいと思いますけど、正直に言って大きさが……私にはとてもなじめませんわ」

「じきに慣れますよ、私がこの狭い住まいに慣れたのと同じようにね」

ガイが飲み物を作っている間にほかの部屋を見せてもらった。確かに、ハンティンドンのもとのリアドン家に比べればささやかなものだが、何点かの見事な絵画や、すばらしい骨董品のあるこのフラットはそれなりにすてきだった。

「内装はインテリアデザイナーのお友達にお願いしましたのよ。長いおつき合いでハンティンドンの家も海の別荘もその方にやっていただいたの」

「絵でも骨董でもこんなにすばらしいコレクションをお持ちなんですもの、そのデザイナーの方も存分に腕がふるえてお喜びだったでしょうね」

「そうかしら？　そんなこと考えたこともありませんでしたけど」

こうして豊かな富を当たり前のことと思っているのがスカイには解せないところだった。アントーニアにしてもフェリシティやジョー・アンにしても、普通の人々の生活とはまるで別世界の日々を送りながら、それで幸せかというと、決してそうではない。やはり、自分で働いて生活するのが一番健全なのだ。こんなにぜいたくな中で暮らしていながら、過去のもっと豪華な生活を思って吐息をつくアントーニア。けれど、少なくともアドリエンヌだけは黄金造りの鳥かごを出ようと努力している。コンピューターを選ぶとは、実に先見の明があるではないか。そして、ガイは、電気工学部を出てから経営学部に入り直して、今の地位に必要なものはすべて備えている。メイトランド社で重要なポストについていながら、もっと大きな野心を持っているのだろうか？　あの銀色がかったグレーの目の底には何が潜められているのだろう？

それからの三時間はあっという間に過ぎてしまった。「楽しいと、またたく間に時が過ぎてしまうわ。もっともっとお話ししたいのにね、スカイ」

「本当に楽しかったですわ。お話がとってもお上手。お書きになったら、ミセス・リアドン？」

「実はね、ずっと何か書いてみたいと思っていましたのよ。子供のころはよくお話を作ったものだわ。でもジュリアンや子供たちの世話で手いっぱいで、いつの間にか時がたってしまったの」

「これからお始めになったら？　ずいぶんあちこち旅行なさっているし、いろいろな方とおつき合いがおありだし、大企業の内部もご存じじゃありませんか。小説がお書きになれると思います。きっとベストセラーになりますわ！」

「でも、もう遅いんじゃないかしら？」

「そんなことありませんわ。話すようにお書きになればいいのよ。することがなくて退屈だっておっしゃっていたじゃありませんか」

「そうね、すてきなことかもしれないわ」アントーニアは少女のように目を輝かした。

「そうよね、人生は流れていくし、私たちも途中で投げるわけにはいきませんものね。ジユリアンが亡くなってからというもの、心が晴れたことがなかったわ。何をしても仕方がない、もう全部が終わってしまったって」

「そんなこと言わないで、トーニア」ガイは優しく母の手を取った。「僕とアドリエンヌにとってはかけがえのない人だよ」

「アドリエンヌね……この何年かの間にすっかり別人のようになってしまって」

「考えすぎるのはよくないな。アドリエンヌは悩んでいるんだよ。でも、それは僕たちも同じだ。なかなか思うようにはならないものさ。で、新しい生活を始めてみるっていうのはどう?」

「若い人には簡単なことでしょうけど」

「まだまだ若いじゃないか。前から書いてみたいって言っていたでしょう? 父さんの口癖を覚えているかい? 〝欲しかったら努力する〟だよ」

「そうだったわね、ジュリアンはいつもすべきことを知っていてそのとおりにしたわ。自殺ですって! いいえ、あのときだって、たぶん何か新しい計画を……」アントーニアの目に涙があふれるのを見て、スカイは反射的に手を差し伸べた。どんなにつらい思いをしていることか、とても他人事とは思えない。

「そうだよ、あれは事故だった。そうなんだ、どうやったらすべてを取り戻せるか考えていて運転を誤ったんだ。だれがなんと言おうといいじゃないか。僕たちは真実を知っているんだから」

「ごめんなさいね、スカイ」アントーニアは慰めるつもりで握っているスカイの手が震えているのに気づいて無理にほほ笑もうとした。「せっかく楽しかったのに、こんなことになってしまって」

「そんなお顔をなさらないで」

「ジュリアンは私にとってすべてだったの。それが……。私たち、それは幸せでしたわ。あの人、子供たちが自慢の種で、ガイはもちろん、アドリエンヌにも人並み以上の力があるとわかったときはすっかり喜びましてね。ジュリアンは私も何かするべきだと思っていたようですわ」

帰りの車の中、スカイは黙り込んでいた。

「どうしたんだい？」

「別に」

「母のせいだね？　そんなつもりはなかったんだ」

「でも、お気の毒で。とってもお寂しそう」

「五年前は、まるで生きている人間とは思えなかった。今では信じられないだろうが、あのことが起こる前はきれいだったよ。でも母には君のような強さがないんだ。何もかも父にまかせきっていたからね。といって、父は君のお祖父さんみたいな独裁者じゃなかった。

父は自分の役割を果たしていただけさ。自殺なんて卑怯なことのできる人じゃない。母を悲しませることなんかするものか。それにどんな状況でもなんとか打開する力があったはずだ。父は君のお祖父さんより節操のある利口な人だったよ」

「それはひどいわ。お祖父様が公明正大じゃなかったっていうの？」

「なるほど、かばうのか。でもあれ以上冷酷なビジネスマンなんて想像もつかないね」

「それじゃ、なぜ、あなたは祖父のところで働いているの？」

「父が心血を注ぎ込んだ会社だぞ。最後の何カ月か君のお祖父さんはいろいろと噂を流してね。大した戦略家だよ。で、リアドンの株は大暴落、そこへメイトランドが乗り込んできた。この間のことは徹底的に調べてある。君のお祖父さんは前代未聞の大海賊の一人だな。今のポストを提供されたときは、僕もサー・チャールズも、お互いにそれがどういうことなのか百も承知だった。こういうわけで僕たちは今ゲームをしているのさ」

「それを知っていて、お祖父様はあなたを……」

「辞めさせる、辞めさせないの問題じゃないんだよ。僕がいなきゃやっていけないからな」

「ジャスティン伯父様やウォーレンは無用の長物ってこと？」

「そんなこと言っちゃいないさ」

「初めて会ったとき、あなたにはお祖父様の持っているみたいななんとも言えない独特の雰囲気があるって言ったの覚えている?」

「じゃ、お愛想で言ったんじゃないんだね」

「力のある人って弱い人たちの苦しみのもとになるものよ」

「でも、君のように賢い女の子はちゃんと身を守ることができるだろう?」

「と思うわ。でも今はまだ慣れていないし怖いの」

「スリルがあっていいだろう?」

「正直なところが聞きたい、ガイ?」

「もちろん」何を思ったかガイはハンティンドンの家の車道へは乗り入れず、木立に囲まれた袋小路に車をとめた。

「あら、中に入らないの?」大失敗、声が震えてしまった。

「ほんの二、三分。正直なところを聞かないとね」

「もうわかっているはずよ。私の家族があなたにひどいことをした。あなたは……復讐(ふくしゅう)をしようとしているんだわ」

「だから、その手段として君を使う?」

「私は関係ないわ」

清らかな月光が辺りを銀色に染め上げ、二人を取り囲む空気は花々の香りに満ちて、すばらしく美しい夜だ。そして、傍らにはすてきな悪魔のようなガイが……。スカイはおののき、唇をかみ締めた。

「痛い！」

「どうしたんだい？」

「唇をかんじゃったの」

「見せてごらん」ほの暗い車内灯がともされ、柔らかい光の中に浮かび上がったガイを見ているうちに怖いほど胸がどきどきし始めた。「なんてきれいな唇なんだ、スカイ」

「キスしちゃだめよ」近づいてくる顔を見て、スカイは声にならない声でささやいた。

「一晩じゅうずっとキスできるのを待っていたんだ」

「でも、私、困るわ」

「じゃ、目をつぶって」

銀色の目に射すくめられたように体を硬くしていると、不意に手が伸びてきて、いつの間にか唇が重ねられていた。

唇が触れ合った瞬間、まばゆい火花が散って、全身が溶けていくように感じた。

「君と二人きりになりたい。ここじゃなくて、どこかで二人きりに」くぐもった声が低くささやいた。

「だめよ、ガイ！」肩から胸もとへさまよっていく手のぬくもり。スカイはその手を慌てて押しとどめようとしたが、ガイの唇も手もいっこうに言うことをきいてくれようとはしなかった。

いつもの冷静さはどこに行ってしまったのだろう? こんなにあっさりと、しかも、こうするのがごく自然なように受け入れるなんて、自分で自分が怖くなってくる。だが、ひとときの情熱に負ければ、軽蔑され、背を向けられるのはわかっていた。

「こんな場所じゃだめだ!」

ガイが顔を上げたとき、体じゅうが始末に負えないほど震えていた。「そうね」スカイは重たげに垂れかかる前髪をかき上げた。「あなたはすばらしい恋人だわ、ガイ。私もこれからは用心しなくちゃ」

グレーの目に銀色の光がさっとひらめいた。「そういう関係になるのが怖いのかい?」

「そういう関係が怖いんじゃないわ。怖いのはあなたよ。強いワインみたいでどうしても酔わないわけにはいかないの。だから、誘惑されないようにぴったり栓をしておかなくちゃね」

「じゃ、なるべく栓をしにくくしなくちゃな」

本当にそれは容易なことではない。あの笑顔の魅力に逆らうだけでも大変……。

「なぜ?」

「スカイ、君は完全に僕の好みのタイプなんだよ」生々しい感情の余韻は消え、ガイの声はいつものからかうような皮肉っぽいものに戻っていた。「打てば響くし、優しいし、それにバイタリティがある。正直言うと、怖いのはこっちのほうだよ。僕には僕のプランがあるのに、そこへ君が現れた――とっても魅力的な君がね」

「でも、危険でしょう?」

「たぶんね」

「だったら、もうこんなことしないほうがいいわ」予期しない笑い声――ベルベットのようになめらかなガイの笑い声――に軽いおののきが駆け抜けていく。「何がおかしいの?」

「一度努力したんだけど、忘れたのかい?　あのときだって君を部屋から押し出すには大変な勇気が必要だったんだ。もう少しで君はあのまま僕のところで一晩過ごすことになったろう。とすると、いずれは……どっちにしろ逃れられないんだよ」

「ほかの女の人たちみたいに?」平然とこんな話を?　スカイはこめかみに散った巻き毛を撫(な)でつけた。

「そんなに何人もいないよ、スカイ」

「どんな人たち?」

「本当に知りたいのかい?」グレーの目がいたずらっぽくきらりと光る。

「ジョー・アンもその中に入る?」

「ジョー・アンはたまたまよく知っているだけだ」

「あなたに恋しているのも知っているでしょう?」

「そう思い込んでいるらしい」

「愛し合ったことは？」

「あまり立ち入った話はよそう」

「どうなの？」いつの間にかスカイは真剣になっていた。好奇心も嫉妬もなく、ただ知りたい。

「君にキスしたようにキスしたことはない」

「それはご立派ですこと。今でも男の人は花嫁はバージンのほうがいいと思っているんでしょう？」

「ジョー・アンはどうかな？　今時、そんな女の子はほとんどいやしないよ」

「そう、ここにその少数派の一人がいるけど？」

「驚いたな」ガイは巻き毛をよけてうなじにそっと唇をつけた。「じゃ、自分から身を投げ出すなんて、あのときはそれほど苦しんでいたってわけだね」

またあのことを！　スカイは燃えるような目でにらみつけた。「あなた、どうしても忘れてくれないのね！」

「知り合ってからまだいくらにもならないけど、君にはずいぶんいろいろなことを話したし、君が欲しいってことも認めているよ」

スカイは背もたれに頭をもたせかけた。空中を漂っているようなこの奇妙な感じはなんだろう？」「でも、自分の気持を確かめるのには時間がいるわ」

「ああ。ちょうどいいことに、僕は二週間ほど留守をする」

「まあ……どこへ？」聞いたとたん、胸がどきっとする。ほとんど赤の他人と言っていいガイが、いつの間にか私の生活になくてはならない人になっていたなんて……。

「日本だ。大事な取り引き先がいくつもあるのは知っているだろう？」

「そうだったわね」幸い、かろうじて笑顔を作ることができた。「私も忙しくなるわ、ジェレミーも来ることだし」

「ジェレミーか。ああいうタイプの男は何人か知っているよ。大学で一緒だった。利口でハンサムでスポーツ万能。でも、大したものはありはしない。彼の母親も一緒に来るのかい？　面白いな、ああいう母親って、息子を操り人形だと思っているのかな」

「この世に二人きりだからじゃないかしら？」

「どっちにしろ、君はあの母親に気に入られてはいないよ、ありがたいことにね。万一、気に入られていたら、今ごろは逃げ出すのに四苦八苦していただろうな」

「でも、あの人がここに来るなんて夢にも思わなかったわ」

「きっといろいろ考えがあるんだよ。君、本当にもうおしまいだってことをはっきり言ったのかい？」

「なんだかかわいそうだわ。ジェレミーはなんといっても友達ですもの」

「なるほど、恋人じゃなくなると〝友達〟か。女性はいつもそうだな。ジェレミーとお母さんはさぞ真剣に君のことを話し合ったろう。なにしろサー・チャールズ・メイトランドの孫娘だとわかったんだからね。もちろん、もういくらか受け取っていると思っているだろうし……」

「ええ、いただいたわ」

「当然だよ、今まで何もしてもらっていなかったんだから」

「ウォーレンとアドリエンヌのことだけど、どう考えてもお似合いのカップルとは思えないのよ。話したくても、私、アドリエンヌに好かれていないみたいだし」

「それはそうさ。ウォーレンの君を見るあの目つきからすれば無理ないよ」

「そんなこと言わないでちょうだい！」

「でも、事実だからね。もっとも、いとこ同士のつき合いをしたことがないから、きれいな君にウォーレンが夢中になるのも仕方がないのかもしれないな。こうなると、別に心理学者じゃなくても、アドリエンヌが穏やかじゃないのはわかるだろう？　きけば絶対にそうじゃないって言うに決まっているけど……アドリエンヌはハンティンドンの家を取り戻すつもりでウォーレンと結婚するんだ」

「そんなばかな！」

「ところが、そうなのさ。アドリエンヌはちょっと調子が狂っている。僕はウォーレンは嫌いじゃないよ。あのとおりどちらかというと影の薄いほうだから、あまり関心を持ったことはないけど、人柄はいいし、補佐役には打ってつけだ。百年努力したところで冷酷に相手を蹴落とすようなビジネスマンにはなれないけど、でも、人とつき合うのはうまいよ。スムースにだれとでもやっていける。組織っていう抽象的なものは苦手でも、人間相手なら大丈夫だ。だから、今みたいに無理なことをさせないで、人事の担当にすればいいのにな。実は、僕もずっとウォーレンを気の毒に思っていたんだよ。よく苦労しているからね。お祖父さんもジャスティンもどういうつもりなんだろう。手を貸してやろうともしない。ほうっておけばなんとかするだろうと思っても、そううまくいくとは限らないんだが」

「いつかあなたが手伝ってくれたって、いまだに感謝しているわ、あの人」

「本当にアドリエンヌとの結婚を考え直すといいんだがな。妹はウォーレンを愛しちゃいない」

「あなたは？　愛情のために結婚する？」

「それほど奇妙なことじゃないだろう？」ガイはスカイの髪を一房指に絡まし、あまり優しいとは言えないやり方で引っ張った。

「痛いわ！」

「痛くしてやろうと思ったからね。たぶん僕が愛せる女性もどこかにいるんだろうな」

「でも、あなたならその人をひどい目にあわせるでしょうね」

「なぜだい？」

「そういう感じがするの。あなたはおりに閉じ込められた優雅で力のある動物よ。とっても安全そうに見えるけど、本当はひどく危険、そうじゃない？」

「確かにそうだな。ただし、それは君に対してだけだ」

答えようとしたところへ再び唇が重ねられ、たちまちめくるめく思いが広がっていく。こんな気持になるのはなぜ？　まさか……ガイに恋をしたのでは？　そうではありませんように。

「わかったろう」かすれた柔らかな笑い声にスカイははっと現実に引き戻された。「困っているのは君だけじゃない。僕だって君に惹(ひ)かれてどうしようもないんだ」

一瞬、視線が絡み合い、二人のまわりの空気が張りつめた。が、やがてガイは肩をすくめるとエンジンをかけた。

7

やはり、家は売ることにした。手もとに残したい品々の荷造りはさぞつらいだろうと覚悟はしていたが、どちらを見ても懐かしい思い出ばかりで悲しさは予想以上だった。父の服も本も慈善団体に寄付することにした。生前愛用していたものを一つずつ箱におさめていく。もう二度と父には会えないのだ。スカイは目を泣きはらしていた。この何週間か環境ががらりと変わったおかげであまりくよくよする暇がなかったが、思い出の品々に囲まれていると、悲しみが一度によみがえってくる。父は祖父のことはなるべく話題にもしないよう、あんなに用心していたというのに、私はもうすっかり祖父に打ち解けてしまった。これでは父を裏切ったのも同じだ。こんなにあっさり新しい生活を始めようとするなんて……。

電話が鳴って、父のシャツの上に泣き伏していたスカイは夢遊病者のように立ち上がった。

「もしもし」かすれた、ささやくような声。

「なぜ、一人でそっちに行ったんだ?」

「ああ、ガイ。だって、だれが一緒に来てくれるの? ずいぶん早く帰ってきたのね」

「記録的なスピードで仕事を片づけたからね」まるでスカイの寂しさが何百キロも離れたガイに通じたようだ。「ジョー・アンが行ってもよかったろう? どうせ彼女は何もすることはないんだ」

「そんなことを頼めるほど親しくなっていないわ」やはり、一人で沈み込んでいるのはよくないらしい。悲しいのは同じだが、こうして話していると、だいぶ気分が落ち着いてくる。「それに、いやな思いをさせたくなかったから。こうやって家を出ていくのって……いやなものね」

「心配だな。気になるよ、君のことが」

「ありがとう。大丈夫よ、もうじきおしまいだし」

「でも、ひどい声だ」

「だって、父はもう……」

「今日はもう飛行機がないんだ。明日、一番で行く。一緒に朝食をしよう」

「心配しないで、ガイ」とは言ったものの、ガイが来てくれると聞いたとたん、温かいものがこみ上げてきた。

「一人じゃ無理だ。家を売りたいんだろう?」

「ええ」

「わかった。でも、どうするつもりなのか、前もってちゃんと話してくれるべきだったな」

「一人でなんとかなると思っていたのよ」

「どんなに強い人間でもできることじゃない。もう九時だ、今夜はこれで寝たほうがいいね」

「ええ、そうするわ。本当に……来てくれるの?」

「明日の朝会おう。おやすみ、スカイ」


翌朝、玄関の前で待っていると、ガイの乗ったタクシーが着いた。

「やあ」いつになく優しい声で言うと、ガイは迎えに出たスカイの肩を抱いた。仕立てのいいスーツ姿を見慣れていたので、ベージュのスラックスに白いシャツ、黒のブレザーというカジュアルな服装がとても新鮮に思え、スカイはぼんやり見とれてしまった。

「あの……来てくれて……ありがとう」

「朝食はすんだのかい?」

「あなたを待っていたの」握られた手を振りほどくだけの気力もない。

「電話を借りたいんだけど、いいかい?」

「ええ、どうぞ。無理して来てくれたのね?」

「そんなことはないよ。君は朝食の支度を頼む。そのあとで、これからのことを相談しなくちゃね」

台所で支度をしていると、ひどく事務的なガイの声が聞こえてきたが、しだいに、その声はいっそう鋭さを増していった。

「何か問題があるの?」すっかり用意ができ、サンルームに座っていると、十分ほどでガイが現れた。

「大丈夫、どんなことでもなんとかなるものさ」

「ジャケット、かけておきましょうか?」

「ありがとう」ジャケットを差し出したその手で、ガイはごく自然にスカイを抱き寄せた。

「涙がかれるほど泣いていたんだね?」

「ええ」

「どうして、君の家族は君を一人でここによこしたんだろう。どう考えても納得がいかないよ」

「私は本当の家族じゃないのよ」あなたのほうが私には近しく思えるわ。スカイは心の中でつけ加えた。

「お祖父(じい)さんはなんて言った?」

「これは私がしなきゃならないことですもの、理解してくれたわ。でも、私は本当にあその一員だと思う？」

「お父さんを裏切ったような気がするんだろう？」

「ええ」

「でも、これは君の人生だ。過去は過去、お祖父さんを愛したって少しも悪いことはない。君、お祖父さんが好きなんだね？」

「そうなの」

「お父さんだってわかってくれるよ。お祖父さんは君を愛している、必要としているんだ。確かに、こうして君を一人で来させるっていうのは……」

「待っているって言っていたわ」

「わかったよ」ガイは肩をすくめた。「朝食にしていいかな？」

「私のベーコンエッグはおいしいのよ」

一日が終わってみると、ガイの能率のいいやり方には舌を巻いてしまった。どうやらスカイだけではなく、だれでもガイの魅力には勝てないらしく、不動産業者も大変な熱心さで、驚いたことにその日のうちに契約がすんでしまった。買い手は庭いじりが趣味だという。これで、父が丹精した庭も荒れずにすむだろう。

「どうした、すごく眠そうだよ」

長かったような、また、あっという間にたってしまったような一日。スカイはへとへとだった。

「ええ、疲れたわ。本当に、何もかもやってもらっちゃって。私、とうとう何もしなかったわね」

「こういうことには男手がいるものさ。でも、よかったじゃないか、庭仕事の好きな人で」

「ええ、とってもうれしいわ」

「今からじゃ飛行機はないし、ここに泊まるのもまずいだろう？」かすかに唇をゆがめて、グレーの目はきらきらしている。

「あなた、だれでもあなたの魅力には逆らえないと思っているの？」

「ぜひ確かめてみたいね！」

もう一度あの腕を感じたい。不意に熱いあこがれがこみ上げてくる。「近所の手前ってことも考えて。皆、私たちがここにいることを知っているし、今夜泊めてくれるって言っていたでしょう。いい人ばかりだけど、やっぱり噂（うわさ）は好きなのよ」

「でも、すばらしい一夜を思えば、そんなのはささいなことじゃないか？」

「からかっているのね？」

「実はそのとおりさ。君は疲れている。だから、さっさとかぎをかけて、パークビュー・

ホテルに行こう。ダブルだと文句が出るに決まっているからね、シングルを二つ予約しておいた。シャワーを浴びて目を覚ましたら、それから夕食だ」

出張から戻ったガイがすぐスカイのところへ行ったと聞いてジョー・アンはすっかり腹を立てた。

「そんなにいらいらしないで。あなたの話を聞いていると、まるであいびきみたいだけど、ガイに限ってそんなはずはありませんよ」

「ガイに限って？」ジョー・アンは母をにらみつけた。「得体の知れない人なのよ、ガイは」

「どういう意味？　だって、あなたのことをとっても気に入っているようじゃないの」

「ええ、もちろん、かわいい子供みたいにね。気がついていないの、ママ？　あの人、私の言うことなんかろくに聞いてもいないのよ」

「子供なんて……あなたはとても魅力的な女性よ」

「そうよ。でも、あの人には通じないの。共通の話題がないんだわ」

「でもね、ガイはあなたとお仕事の話をしようとは思っていないのよ」

「スカイとなら話すでしょうね。スカイはただの〝とても魅力的な女性〟以上ですもの。あの人があんなにきれいなんて……」

「私に言わせると、スカイは女らしくありませんよ、あんなに頑固に言い張るなんて。あの調子でいくと、オールド・ミスは間違いなしだわ。男の人は議論するために結婚するんじゃないでしょう？　きれいで居心地のいい家庭を作る、そういう女性が一番なのよ」

「どうしていつもそう男の人の好きなのはっていう話ばかりするの？」ジョー・アンはいぶかしげに母を見つめた。「そういえばいつだって、お祖父様のお好きなのはとか、パパは何々がお好きよとか。ときにはウォーレンまで出てくるんだから！　ママや私の役目はいったいなんなの？」

「スカイに影響されたのね？　私は、お祖父様や、あなたのお父様のお役に立っていますよ。お仕事に口を出すようなことはしないわ。でも、この大きな家を居心地よくしておくっていうのも大変なことなのよ」

「ナンシーを監督しているってことね？　全部引き受けているナンシーは縁の下の力持ちよね？」

「だって、あの人は家政婦じゃないの。パーティーのホステス役をしてもらうわけにはいきませんよ」

「ママは俗物だわ！　お金のせいで、お祖父様のお金のせいで、私たち皆、狂っちゃったのよ。私たちは、ただ養ってもらっているだけじゃないの」

「でも、女の人は皆そうよ。そういう決まりになっているんですよ、昔から」

「そんな決まりなんかなくなっちゃえばいいんだわ」ジョー・アンは勢い込んでコーラをつぐと、一息に飲み干した。「どうして、今までだれも私が何をしたらいいか言ってくれなかったの?」

「どういうこと?」娘を愛しているフェリシティにはジョー・アンの失礼な態度に腹を立てることもできず、ただおろおろするばかりだった。

「もちろん、学校のことよ。一度でも、私の将来について話し合ってくれたことがあった? いつでも話題になるのはウォーレンの成績だけ。私のことなんか少しも心配してくれなかったわ!」

「でも、女性には女性の役割があるのよ。あなたはなにも一人でやっていく必要はないでしょう?」

「私もお金持の家に生まれたりしなければよかったんだわ、スカイみたいに」

「なにを子供っぽいこと言っているの。スカイだって今ではサー・チャールズ・メイトランドの孫だってことを喜んでいるに決まっていますよ」

「スカイはお祖父様の財産なんかなんとも思っていないわ。今は男性にまじって仕事をしてみようって闘志を燃やしているのよ。我慢できないのは……」虚勢を張ってこらえていた涙があふれ、ジョー・アンは声をつまらせた。「ガイがスカイと一緒にいたがるってことよ。悔しくて、何がなんだかわからないわ!」

「わかりましたよ、ダーリン」フェリシティは娘を抱き寄せた。「私にまかせて、ね？　カルロのお店でお昼はどう？」

「食べたくないわ」

「でも、行きましょうよ。それからちょっとお買い物をして。ミンクのジャケット古くなっちゃったでしょう？　新しいのを買わなきゃならないわ」

ジョー・アンは悲しそうにうなずいた。「絶対にガイを渡すものですか！」


その晩、ジョー・アンにバレエを見に行かせて、フェリシティはさっそくスカイと話をするチャンスを作った。「お庭を少し歩きましょうか、スカイ」

「すてきだわ、こんなにいい夜ですものね」今まで一度もこんなことはなかったのに、なぜだろう？

「ガイがずいぶんお手伝いしたんですってね」

「私一人ではどうにもならなかったと思いますわ」

「あなたみたいにしっかりした人でも？」

「昨日はいつものようには……」

「そうでしょうね、わかるわ」フェリシティは同情するように言葉を切ったが、すぐ口早に続けた。「あなた……ガイがお好きなんでしょう？」

「それは……命を助けていただいたんですもの」

「まあ、なんですって？」よほど驚いたらしく、フェリシティは急に足をとめた。

「父のお葬式の日、私、どうかしていたんですわ、ふらっと道路に出てしまって。ガイが自分の体でかばってくれたんです。あの人、とても勇敢ですわ」

「なぜ、今まで黙っていらしたの？」

「ガイがいやがるだろうと思って」

「まさか、ガイに恋をしてはいないでしょう？」

「危険ですから」

「それじゃ答えになっていませんよ！」

「答えなくてもよろしいんじゃありません？　私の問題ですもの」

「私たち皆の問題でもあるわ。あの人がジョー・アンをとても気に入っているのはご存じね？」

「そうでしょうね。昔から知っているんですもの」

「そういう意味じゃありません。おわかりでしょう、二人の間を裂くようなことはなさらないで」

「それは、婚約とか結婚しているんでしたら。でも、お二人はそうじゃありませんわ」

「スカイ、あなたは火遊びをしているのよ」

「あの……ジョー・アンはガイの気持を本当に知っているんでしょうか?」

「希望がないっておっしゃりたいの?」

「ええ、まあ」

「なぜ、そんなことを?」

「だって、ジョー・アンを愛していたら、ガイはほかの女性と会ったりしないんじゃありませんか?」

「男の人って移り気なものですからね」フェリシティは吐息をついた。「あなたはすばらしくおきれいよ。でも、だからといって、ガイの関心を引きつけていとこに悲しい思いをさせるなんて……。私は、あなたが今の状況を利用しているような気がしてならないの。あなたなら立派に一人でおやりになれたのに、ガイを呼び寄せたりして」

「ばかげてるわ! ジョー・アンのためを思っていらっしゃるのはわかりますけど、誤解していらっしゃるのよ。私、ガイに来てほしいなんて言ったことはありません。確かに、来るというのをとめはしませんでしたけど。ジョー・アンを傷つけようなんて、そんなつもりもありません。でも、もう一度お考えになったほうがよろしいんじゃないでしょうか? ガイは結婚向きの人じゃありませんわ」

「ばかばかしい! 男の人は皆そんなふうに言うものなんですよ」

「でも、ガイはジョー・アンを愛してはいません」

「そう、そんなことまでお話しになったのね？」

「ええ、私、きいてみたんです、ジョー・アンが愛しているのを知っているかって」

「で、なんて言っていたの？」

「ジョー・アンはそう思い込んでいるだけだって」

「ほら、ごらんなさい！　ガイはあの子の気持に自信が持てないだけなのよ」

「そうお思いになります？」

「当たり前でしょう」二人はゴシック風のアーチのついた噴水の前で立ちどまった。「ガイは複雑な人よ。ダイナミックで力があり余っていて。ああいう人には優しくして言いなりになる女性がいいのよ。そういえば、なぜ、お祖父様に働きたいなんておっしゃったの？」

「どうしても必要だからですわ、フェリシティ」

「でも、なぜ？」別世界の住人のフェリシティには本当にわからないのだろう。「だって、お祖父様は生活していけるだけのものはもうくださっているはずでしょう？」

「ええ。でも私は自分の能力を生かしたいんです」

「そんな……キャリアウーマンってだんだん女性らしさをなくしてしまうものですよ！」

「わかってはいただけないと思いますわ」

「ええ、もちろん、わかりませんとも。でも、私、これでもずいぶんいろいろと見てきているんですよ、あなたよりもずっとね。だいたいお祖父様は仕事のパートナーに女性を使おうなんて思ってはいらっしゃらないのよ。私たちは信頼されていないんですもの」

「とんでもない、女性にも能力はありますわ」だんだんいらいらしてきたが、ここで怒ってはならない。「伯母様はこの大きな家の女主人でいらっしゃるし、お祖父様のお世話もなさるわ。お祖父様は伯母様をちゃんと信頼していらっしゃるじゃありませんか」

「それはもちろん、女性としての役割のうちではね。男性と女性はそれぞれ別の役割があるんですよ。そうそう、お願いよ、スカイ、ジョー・アンにいろいろ吹き込まないでくださいね。ウーマン・リブもいいけれど、娘に突っ拍子もないことを言いだされては、やりきれませんから」


ジェレミーが着いた日は土砂降りで、スカイの車に着くまでに二人共びしょぬれになってしまった。

「迎えに来てくれてうれしいよ、ダーリン」ジェレミーは本当にうれしそうだが、いくぶん当惑しているように見える。自分では少しも気がつかなかったが、ここで暮らした何週間かの間にスカイはだいぶ変わったのだ。

「私のお友達だからってことで、祖父が、あなたが部屋を見つけるまで何日か家に泊まってもらったらって言っているんだけど？」

「そんなにしてもらっていいのかな。とにかく、ありがとう」

「お母様はお元気？」

「それは、ちょっとはショックだろうな。でも、じきに立ち直るさ。見送ってくれたよ」

「大丈夫よ、シドニーまでは一時間ですもの」

「ところが、飛行機が苦手でね」

「じゃ、手紙を出さないとね」

「手紙といえば」ジェレミーはちらっとスカイを横目で見た。「君、ずいぶん冷たかったな」

「でも、二度返事を出したわよ」

「まあ、いいさ。でも、君、ものすごくきれいだな。すっかり新しい環境に慣れたみたいだね。なんだか、こう……そうだな、高貴なジャングル・キャットみたいだ」

「ジャングル・キャット？　妙なほめ方もあったものね。でも、そういえば、お祖父様も自由なライオンって言われていたっていうから。きっと、この赤毛のせいね」

「とにかく、エキゾチックですてきだよ」

ジェレミーはスカイの変貌にいくらか圧倒されているようだ。今までは美しいといってもすべて控えめだったのが、今は洗練された高価なドレスに引き立てられ、スカイはどこにいても人目を引いた。

「この仕事に決めたのは私のため？」

ジェレミーはびっくりした顔をした。「決まりきったことをきかないでくれよ」

「そう……でも、私、あなたを愛していないわ。この前もはっきり言ったはずだけど」

「そんな……あんなにうまくいっていたのに、信じられるはずないじゃないか」

「私、変わったの。もう終わったのよ」

「お願いだ、スカイ、僕は君を愛しているんだ！」

「ごめんなさい」スカイはジェレミーの目を避けて正面の道路をじっと見つめていた。

「ずいぶんひどい目にあったからね、わかるよ」

「そうじゃないの。お願い、私のことはあきらめて」

「そうすべきなんだろうけど……。君ってわからないな」

「けんかはいやよ」スカイは憂鬱な思いでハンドルを握り締めた。「こっちへ来る前に私の気持ははっきり言ったわ」

「あのときの君は普通じゃなかったからね、全然信じなかったんだ。何があったの？　ちょっと前には僕と結婚してもいいって言ったじゃないか」

「そこまでは言っていないわ！」

「とにかく、君は僕を本当に愛していた」

「あなたのことは好きよ、いい人ですもの」

「よしてくれ！　君が変わり始めた日を言ってやろうか？　リアドンに会った日だ」

「お葬式の日ってこと？」

「恐ろしい一日だったよ」

「そうね、今までで一番ひどい日だったわ」

「もうよそう、ダーリン」ジェレミーはおずおず手を差し伸べ、頬にそっと触れた。「少し時間をかければ何もかももとどおりになるさ。君はひどくショックを受けて、まだ立ち直れないでいるんだよ」

「約束はできないわ。希望を持ってほしくないの」重い気持でスカイは言った。

「いや、君はじきに前の君に戻るさ。リアドンのことは忘れたほうがいい。ああいう男は何をするかわからないからね」

「どういうこと？」

「君のほうがよく知っているはずだ。今は夢中になっているかもしれない。でも、すぐに幻滅する。今までにもかなりの数の女性との噂があるしね」

「どこで調べたの？」腹立ちまぎれにスカイはすごいスピードで車を走らせていた。

「それに、あいつはひどい偽善者じゃないか。憎くてたまらないはずなのに、なぜ、君のお祖父さんのところで働けるんだろうな？」

「憎んでなんかいないわ」

「賭けるかい?」

「興味ないわ」

「そうか、一目であいつに参っちゃったんだな」

「そんなはずないでしょう!」

「なんと言ってもだめだよ、わかっているんだから。あいつは安っぽいメロドラマの絵にかいたようなヒーローだからな。淡い色の目と黒い髪か。あれほどじゃなくても女はもう夢中さ」

「もう家に着くわ。この話はおしまいにしない?」

ジェレミーを一目見たジョー・アンはすっかり気に入ってしまったらしい。

「すてきな人じゃない!」その晩、二人きりになるのを待ってジョー・アンはさっそく始めた。「私ね、色白の人って好きよ」

「じゃ、ガイ以上に浅黒い人はだめってことね」

「ガイには危険な魅力があるわ、そう思わない? 普通の女性には手に負えないって感じ。でも、あなたのジェレミーはそうじゃないわね」

「あの人は私のジェレミーじゃないわ」

「まあ! でも、彼のほうはそう思っているわ」

「私は一度もあの人を愛しているなんて言ったことないのよ」

「だけど、そうに決まっていると思っているわね」

「そうなの」スカイはしょんぼりと床に目を落とした。「傷つけたくないんだけど」

「あなたは変わったのよ。ここに来た日からすっかり別人になったんだわ」

「そんなことないわ。私は私、ちっとも変わってはいないと思うけど」

「自分で気がついていないだけよ。新しいドレスのせいもあるわね。そのうち、私のほうがスカイのいとこって紹介されるようになりそう！」

「あなたのほうがずっとすてきよ、ジョー・アン」

お世辞とは思えない真剣な口調で、しかも、まるで無関心にさらりと言われたので、ジョー・アンも笑いだしてしまった。「変な人ね、あなたって。虚栄心ってないの？」

「そんなこと考えたこともないわ。ね、このドレス、どう？　働くのにぴったりじゃない？」スカイは翌日着るつもりの一着を当ててみた。「明日、オフィスに行って私のアイディアを説明するのよ」

「ああ、スミスフィールドの工場建設の件ね？」

「ええ」

「気の毒だけど、取り上げてくれやしないわ。お祖父様を怒らせないように皆あなたにお愛想は言うでしょうけど、まじめに聞いてくれるものですか」

「でも、いいイメージを作っておかなくちゃ。ちゃんと説明しておかないと住民はいろいろ心配して悪く取るものじゃない？　工場を建てる側としては誠意をもって納得してもらうようにするべきよ」

「とってもわくわくしているみたいね」

「だって、私の専門領域のことですもの」

「そうかもしれないわ。だけど、やっぱりできないことはできないの。あなたはただの女の子ってだけじゃなくてすごくきれいな女の子よ。これだけでもかなりのハンディキャップだわ。そうだ、ジェレミーが明日はフラットを探しに行くって言っていたけど、あなたは一緒に行けないわね」

「あら、あの人一人で大丈夫よ」

「そうかしら、シドニーは知らないでしょう？」

「あまりよくはね。あなた、行ってくれるの？」

「いいわよ。どうせすることもないし」

「彼が喜ぶわ、きっと」

「ジェレミーは頭もいいんでしょうね。そうでなければメイトランド社に入れるはずないもの」

「ええ、今までの会社でもずいぶん買われていたみたいよ」

「そうそう」ジョー・アンは腕時計をちらっと見た。「今夜、アドリエンヌが来るのを知っていた?」

「いいえ」

「だったら、用心したほうがいいわよ」ジョー・アンはちょっとばかり意地悪そうににやっとした。「ウォーレンの調子を狂わせちゃったから、あなたのことをよくは思っていないわ」

「ウォーレンはいとこよ」

「ところが、ウォーレンのほうはそうは思っていないの、困ったことに」

「アドリエンヌが気づいたっていうの?」

「アドリエンヌはね、ガイと同じでびっくりするほど鋭いのよ」

「そう……でも、ガイみたいに魅力はないわね」こんなことを、とは思ったが、わざと言ってみた。

「それはね、彼女がとっても孤独だから。あの人のお父様が亡くなったころは、それこそ自殺でもしやしないかって心配したのよ。ああいう頭のよすぎる人たちって、案外もろいのね」

「でも、ショックだったでしょうね。あなたはまだそんなつらい目にあったことはなかったわね」

「ええ。でも、お祖父様が心臓の発作で倒れたときは取り乱してしまって、ガイが全部やってくれたの。パパなんか大変だったわ、それまではお祖父様を愛しているのかしらなんて思っていたけど。もっとも、愛情だけじゃないのかもしれないわね。そうよ、お祖父様は巨人。寄りかかるものがなくなったら私たち皆、困るもの」

その晩、サー・チャールズとジャスティンは外で食事をするので、思いきり羽を伸ばせることになった。食卓でのちょっとした会話となると、ジェレミーの一人舞台で、次から次へと出てくる軽い面白い話に、ジョー・アンは目を輝かしている。インフレ、失業者、多国籍企業――こういう言葉の一度も出てこないおしゃべりが深刻なことの大嫌いなジョー・アンの気に入るのは当たり前と言えば当たり前だったが。気のきいた話しぶりに、いつもは冷たい感じで取り澄ましているアドリエンヌまで思わずつり込まれて笑いだし、とにかくジェレミーは大成功をおさめた。ウォーレンとも意気投合したらしく、土曜はゴルフに誘われ、都合が悪いというアドリエンヌの代わりにジョー・アンと三人で行くことになったらしい。

コーヒーは図書室でということになったが、どうやらジェレミーの軽妙なおしゃべりは尽きることがなさそうだ。

「あなたのお友達、上出来ね」いくらかうんざり顔のアドリエンヌがスカイの傍らに腰を下ろした。

「あんなに楽しい人だとは知らなかったわ」

「あの方、あなたのタイプではないわね。本当は関係ない人とかかわり合いになるのはよくあることだわ」

「そうね」スカイは真っすぐアドリエンヌを見つめた。「私とジェレミーが恋人同士だと思う?」

「いいえ。本当に興味のあることを言う人でなければ、あなたは満足しないわ。ジョー・アンは正反対。ああいう毒にも薬にもならないおしゃべりが好きなのね」

「そんなふうには言わないほうがいいと思うわ。皆、それぞれのやり方でリラックスするんですもの。でも、あなたはちっともリラックスしないのね」

「鋭いのね」アドリエンヌは興味を引かれたというようにすみれ色の目をまじまじとのぞき込んできた。

「そういうのはよくないわ」

「わかっているわ。でも、どうしてもそういう気になれないの。沈み込んだままだわ、ずっと」

「お医者様に相談してみたら?」アドリエンヌの象牙(ぞうげ)のような繊細な指がかすかに震えている。神経症ではないだろうか?

「精神科?」

「さあ。とにかく、何もかも話してしまえるような先生よ。とってもつらいところを通り抜けてきたんですものね。だから、だれかの助けがいるのよ」

「だれが助けてくれる?」

　まるで感情のない声。だが、せっかく少し心を開きかけてくれたのだ、このチャンスを逃す法はない。「こんなことを言って、気を悪くしないでね、アドリエンヌ。でも、あなたってあなたを愛している人たちにわざと背中を向けているみたい。お母様はあなたを必要としていらっしゃるわ、あなたがお母様を必要としているのと同じようにね。お兄様だってそうよ。私だったら、こんな家族を手に入れるためなら、なんだってするわ。お母様もお兄様も同じつらい思いをしていらしたのよ」

「でも、私より強いのよ」

「だから、お母様の助けにならなくていいっていうの? 何かをだれかと分かち合えるってすばらしいことだわ。私たちは一人じゃやっていけないのよ。愛したり愛されたりできる相手がいなくちゃ」

「あなたはどうなの? なぜ、そんなことがわかるの?」

「一度絶望したからよ」

「そうね、あなたはお父様を崇拝していたのに、でも、そうしてちゃんとやっているんですものね」

「だって、生きていかなきゃならないもの。生活を立て直さなくちゃ。だからってもう悲しくないわけじゃないわ、悲しいのは悲しいのよ。でも、私がここで負けたら、父はがっかりするでしょうね。私たちを愛してくれた人は私たちに幸せでいてほしいと思うんじゃないかしら? だから私は、父と二人で計画したみたいな生き方をしようと思っているの」

「私の父も、すばらしい計画を立ててくれたわ。私はガイほど頭がよくないから、ここまでくるのにずいぶん努力をしたのよ」

「理工科なんて、すごいわ」

「それが、今はとってもひどいことになっているの。あなたのジャスティン伯父様が……」

「あなたのフィアンセのお父様ね」

「そうよ……私の邪魔ばかりするの」

「本当なの?」

「もちろんよ」

「で、どうにもならないの?」

「ジャスティンは、メイトランド社では勢力があるのよ。でも、その力がふるえないとなると……あの人、平気で買収だってなんだってするわ」

「そんな!」

「ひどいでしょう? でも、じきに、ガイがはっきりさせるわ。今度こそ本当に仕返しするのよ。あの人たちが、父を殺したんですもの」

「そんなこと言わないで、お願い、アドリエンヌ! 昔のことをいつまでもそんなふうに……それじゃ、いつまでたっても気持が楽にならないわ」

「そうね、破滅しちゃうわね」アドリエンヌはそっけない声でつぶやいた。

「ええ、いつまでもそのことを思いつめているとね。ね、なぜ、ウォーレンと婚約したの?」

「愛しているからよ」

「どうして、そんなに他人事みたいに言えるのかしら? 私はウォーレンが好きよ」

「あの人もあなたのこと大好きだしね」

「そのことなら心配いらないわ、アドリエンヌ」

「私、きっとガイに似ているのね、自分のためだけに何かするところなんか」

「それで人のいいウォーレンを傷つけることになっても?」

「どうして私がウォーレンを傷つけるの? あの人はお祖父様の言うとおりにしようとしているだけなのよ。どうせ自分で何か決めるなんてできない人ですもの」

「あなたは軽蔑(けいべつ)している相手と結婚できるの?」

「だって、嫌いじゃないのよ、ウォーレンのこと」象牙のような顔を皮肉な笑いがよぎっていった。「ここの家の人にしてはいい人ですものね」

「じゃ、私も嫌いなのね？」

「さあ。でも、あなたのお父様は立派に育て上げたあなたを自慢になさっていたでしょうね」

「あなたのお父様だって、同じじゃない？」

アドリエンヌは答えようとはせず、会話はぷつんととぎれた。

「スカイ？」ジェレミーが声をかけてきた。

ジョー・アンとウォーレン、二人も聞き手がいれば充分なはずなのに。けれど、スカイは如才なく笑顔で振り向いた。「何、ジェレミー？」

「この二人にもう少しで鰐にやられるところだったって話をしたんだけど信じてもらえないんだよ」

「とても信じられないわ！」うれしさに頬を紅潮させたジョー・アン。屈託のない若い女の子を絵にかいたようだ。

背後で皮肉っぽく鼻を鳴らしているアドリエンヌにスカイは黙ってというように手で合図した。言われるまでもなく、ジェレミーが上っ調子すぎるのはわかっていた。「水のそばに行っちゃいけないって言われたのに、ジェレミーったら……」

「まあ、スカイ、じゃ、本当なのね?」

「すごいな。僕も一度行ってみたいと思っていたんだ」ウォーレンも妹に負けず劣らずはしゃいでいる。

「ああいうのを野生っていうんだろうな……」ジェレミーは鰐の話を続けた。

「もう、あなたの用はすんだのよ、スカイ」低いささやき声に再び振り返ると、会ってから初めて、アドリエンヌは心からのほほ笑みを浮かべていた。

8

ジョー・アンはあんなふうに言っていたが、今までやってきた仕事には自信があるし実力さえあれば、とスカイは思っていた。ところが、ジャスティン伯父と何人かの重役はレポートを見て口先ばかりのお世辞を浴びせ、結局、採用するともなんとも言おうとしない。

「どうお考えなんですか、本当のところは?」役員室に伯父と二人きりになるのを待って、スカイは初めて口を開いた。

「大変な仕事だったね。どうやってお礼したらいいかな?」

「お返事を聞かせていただければ」

「それがお礼になるってことかい?」

「そうですわ、ジャスティン伯父様」

「君は実にはっきりしているな」

「遠まわしに言うのは時間のむだですもの」

「君がデボラの娘とはね、いまだに信じられない気がするよ。まるで正反対だ」

「あら、いつもそっくりだって言われていますわ」

「見たところはね。いや、君はお祖父さん似だよ。同じような力を持っているし、何かを始めるにしてもあっという間に片づけてしまう」

「それは、一生懸命働いてきたからですわ」

「なんだって？　君はまだ子供じゃないか！」

「ええ、経験がないことは認めます」

「そう、そのとおりだ」ウイスキーのボトルを取り出し、グラスについで一息に飲み干す伯父をスカイは茫然と見つめた。まだ朝の十時半だというのに……。「これはすまなかった、スカイ」ぼんやりグラスを眺めていたジャスティンは、スカイがそこにいるのを思い出したようにこちらを振り向いた。「感謝はしているが、実際問題として、必要ないんだよ。工場を一つ建てるとなると、あちこちから不平は出るが、どうせじきにおさまるからね」

「でも、こういうところをきちんとしておけば、メイトランド社のイメージアップにもつながるんじゃないでしょうか？」

「一人前のプロのせりふだな」ジェスティンは眼鏡を外し、レンズをみがき始めた。その顔はひどく無防備で弱々しく見える。

「お祖父様には見ていただけるんでしょうか？」ガイには、と言いたいところだが、さすがにそれは言いかねた。

「忙しいのは知っているだろう？　君にとってこれは重要なものかもしれないが、アイディア自体はお笑い草だ。気持を傷つけたくはないが、ほんの子供の考えだよ。二十二って言ったかい？」

「もうすぐ二十三です。でも、お祖父様も私くらいの年に成功なさいましたわ」

「だから君にもできる？　それは無理だろうな」

「そうとも言いきれないでしょう？」

　ジャスティンは話はここまでというように、薄笑いを浮かべながら受話器に手を伸ばした。「悪いことは言わない、メイトランド社で一旗あげようなんて考えは捨てるんだ、スカイ。うちでは、女性を抜擢することはないからね」

「レポートを見てくださったお二人は興味をお持ちになったように見えましたけど？　ただ、伯父様の手前はっきりおっしゃらなかったんですわ」

「いいかい、スカイ、君の好意はわかる。でも、せっかくだが、必要ないんだよ」

「わかりました。でも、いい解決策があるにもかかわらず、双方で争うなんて近視眼的すぎるような気がしますけど」

　がっかりしたのと腹が立つのが一緒になって、どうにも気持がおさまらない。スカイはわき目もふらずに長い廊下を歩いていった。

「スカイ！」

「あら、ガイ」玄関を出ようとしていると、ちょうど入ってきたガイと出会った。

「どうかしたのかい？」

「レポートを突き返されたの。私、ジャスティン伯父様を愛していると思っていたけど、大嫌いだわ。ね、私が女性だからかしら？」

「イエスだ。彼は女性はごたごたのもとって信じ込んでいるからね。まあ、不幸な結婚生活のせいと思えば仕方ないけど」

「そうだったの。何か隠しているような気がしていたけど。もうこんなところにはいられないわ、ガイ。私、あの人たちから離れて独立するわ」

「そのほうがいいかもしれないな」

「あら、あなた、反対するかと思ったわ」

「だって、そうすれば二人きりになれるからね」銀色の目がいたずらっぽく光った。

「私をここに連れてきたのはあなたじゃないの」

「そうだよ、君のお母さんのためさ。君が当然手に入れるべきものを手に入れられるようにと思ってね」視線が絡み合った一瞬、二人はどちらもほほ笑もうとさえしなかった。

「僕の部屋に来るかい？」

「ええ、あなたの意見が聞きたいわ」

二人はガイのオフィスで二時間ほど話し合った。

「メイトランドじゃだめだ。どこかほかを探したほうがいい。バート・ブロフィに話してみようか？」

「ブロフィ・アンド・ホーウェル社？　あんな超一流のところはだめよ。私、まだ駆け出しですもの」

「あそこは女性を差別しないし、だれでも最初は駆け出しさ。このレポートは大したものだよ。預かっておいてもいいかな？」

「どうぞ。全部は無理でもいくらかは使ってもらえると思っていたのに、がっかりだわ」

「使えるさ」

「でも、ジャスティン伯父様と衝突するわ」

「まあね」まるで気にもかけていないけろりとした口調。「ジャスティンもおかしいよ。本当なら、姪の君を自慢して皆に見せびらかすはずなのに」

「きっと、本当によくないと思ったのよ」

「いや、見る目がないんだよ。ところで、君の喜びそうなことを教えようか？　ゆうべ、トーニアのところに行ったんだ。何をしていたと思う？」

「書いていたんじゃないでしょうね？」

「ところがそうなんだ。パソコンに向かって、辺りは紙だらけ。あんなに生き生きして楽しそうな顔は長いこと見たことがなかったよ」

「よかったわね、ガイ！」

「来週、また会うんだろう？　だから、本当はそのときまで黙っていようと思っていたんだけど」

「大丈夫、びっくりしたふりならまかせておいて」

「こんな顔をするの？」予期せず、顔を両手ではさまれて、スカイは半ば目を閉じた。磁力のような力が伝わってくる。

「危険すぎるわ」

「ひととき楽しむっていうのには反対なのかい？」

「もちろんよ。あなたの女性たちの一人にはなりたくないもの」

「僕の女性たちだって？　ひどいな！」

ちょうど答えようとしたときドアが開き、冷たい声がした。「これは……失礼」

二人同時に振り向くと、興奮した表情のジャスティンだった。彼の後ろではガイの秘書がおろおろしてのぞき込んでいる。とめるのもきかずに入ってきてしまったのだろう。

「何か用かな、ジャスティン？」ひどく険しいガイの声に、スカイはなぜか背筋がぞくっとした。

「ファイルから重要書類がなくなってね。もしかしたら君が持っているんじゃないかと思って」

「どんな書類だい？」

「すまないが、スカイ、プライベートなことでね」

「ちょうど帰ろうと思っていたところですわ、伯父様。それじゃ、ガイ、またね」


それから間もなく、ブロフィ・アンド・ホーウェル社で面接を受け、いよいよ働き始めることになった。ガイのあと押しもあって、一度突き返されたあのアイディアも結局は受け入れられ、スカイの日々は充実したものになっていった。

いつも大歓迎ではないが、ジェレミーが頻繁に訪ねてくるのも当たり前だろう。まだスカイをあきらめてはいないらしいが、ジョー・アンにちやほやされて、まんざらでもないようだ。

〝用心しないとあの人を失うことになるわよ〟最近ジョー・アンがよく口にするせりふだが、本当にそうなってくれたらどんなにいいだろう！　ジェレミーはあきらめてくれないばかりか、どうやらガイに嫉妬しているらしい。アントーニアとは急速に親しくなり、週に一度一緒に昼食をするのがまたとない楽しみになっているが、息子のほうとはかかわり合いにならないよう、スカイはできるだけガイを避けるようにしていた。

「ごめんなさい、お待ちになったでしょう？」仕事はつまっているし、バスには乗り遅れ、スカイは急いでレストランに駆け込んだ。

「そんなに急いでいらっしゃることはなかったのに」顔を上げたアントーニアはにっこりした。

「息が切れて……すぐにおさまりますわ」

「で、お仕事のほうはいかが?」カットのいいあっさりしたデザインの黒白の絹のドレスに真珠のネックレスとイヤリング。今日のアントーニアはまたいちだんとシックだ。「とってもお元気そう。何もかもうまくいっている証拠ね?」

「なにしろ忙しくて。でも、私を対等に扱ってくれるんです。ですから、はりあいがありますわ」

「お話はゆっくりうかがうことにして。何になさる?」

「そうね」スカイはうれしそうにメニューをのぞき込んだ。「お腹(なか)がすいて死にそうなんです」

食事が始まると、アントーニアは目を輝かして話し始めた。「ゆうべ、アドリエンヌがお食事に来たんですよ」

アントーニアとのように親しくはなれそうにないが、いつかの晩話をしてから、スカイはアドリエンヌともだいぶ打ち解けるようになっていた。「お元気ですか、アドリエンヌ?」

「婚約を破棄したんですって!」

本当に？　スカイはナイフとフォークを置き、探るようにアントーニアを見つめた。しわのない繊細な顔には安堵感があふれている。「よかったわ！」

「ええ、私も、聞いたとたん、そう思ったの。ウォーレンがあまり傷つかないといいんだけれど。でもね、私にはなぜアドリエンヌがウォーレンと婚約したのか、そもそもそこのところがわからないのよ」

「で、アドリエンヌの様子はどんなふうでした？」

「ごく普通なの。少しも後悔していないみたいでね、もっと早くこうすべきだったなんて言っていましたよ。なんだか以前のあの子が戻ってきたような気がするわ」

「きっと、アドリエンヌは昔の自分を取り戻したんですわ」スカイは輝くような笑顔で言った。

「スカイ、本当にあなたに感謝しなくてはね」

アントーニアのまじめな声にスカイはぱっと頬を染めた。「何をおっしゃるんです。私、何も……」

「あなたがお手本になってくださったのよ」

「とんでもない！」

「いいえ、そうなの。どんなにつらいことがあっても、やっぱり生きているのはすばらしいって教えてくださったのはあなたですもの」

「そうおっしゃってくださってうれしいわ。でも、ほめていただくようなことは何もしておりません」

「アドリエンヌも私と同じ気持よ。あの子はあまり言いませんけど、あなたをずっと見ていたの。生き生きしていてしかも優しい、あなたは本当にすてきで強い方だわ、スカイ」

「そんなことありません。私、ガイが怖いんです」

「怖がっているのはガイのほうですよ」

「まあ、じゃ、両方が悩ませ合っているってわけですわね」

「なぜかしらね？　あなたがガイを避けていらっしゃるのには気がついていたわ。でも、週末は海の別荘に来てくださるわね？」

「まあ、トーニア！　ガイと三人だけですか？」

「どなたかお誘いしたほうがよろしいかしら？」

「私だけですと、ジョー・アンが……」

「私はジョー・アンは苦手で……でも、このごろはだいぶ穏やかになってきたみたいですから。それじゃ、ウォーレンも一緒に誘うことにしましょうか」目がいたずらっぽくきらきら輝いている。

「何かたくらんでいらっしゃるのね？」

「とんでもない。ただ、とても美しいところだから、あなたにもぜひ一度と思って」

「アドリエンヌはいらっしゃらないの？」

「実は、おつき合いしている方がいるらしくて……なんでも今の会社の上司の方なんですって」

「まあ！」

「こう言ってはなんですけど、あの子にはやはり、それ相応の頭の鋭い方でないとね……」

「それに精神的な面でもすばらしい方なんでしょうね。かわいそうなウォーレン」

「あなたに夢中なんでしょう？」アントーニアは再びいたずらっぽくにっこりした。

「そんな、違いますわ！　あの人の好みの女性がどんな人かは知っていますもの。実は、私のいるセクションにとってもかわいい人がいるんです」

「そうね、ウォーレンのことは心配いらないわね」


一人きりで早朝の一泳ぎをと思っていたのに、待っていたのだろうか、ジェレミーにつかまってしまった。「ちょっと話があるんだよ、スカイ」

「今じゃなくてもいいでしょう？」

「急ぐんだ。少し歩かないか」

「もう話し合うことなんてないじゃない。今週はとっても忙しかったから少しゆっくりしたいのよ」

「リアドンはいないんだな」

「ええ、一足遅れて来るわ。重大な機密が外部にもれて、今、大騒ぎなの。お祖父様は内部の人間がもらしたんじゃないかって言ってたわ」

「あり得るな。コピーにコンピューター——その気になれば、スパイなんて簡単なものだからね」

「お祖父様は心配していらっしゃるわ」

「そうは見えなかったよ。本当に大した人だ、ああいうのを不屈の人っていうんだろうな」

「だけど、今度のことではだいぶ悲観的だから、もしかしたらガイは来ないかもしれないわね」

「君の一族ってどうなっているんだろうな。外から見るとがっちり団結しているけど、内部は？　神のみぞ知る、か。僕に言わせると、リアドンをあんなに信頼するのはどうかな。前代未聞の速さで昇進しているっていうじゃないか。今のポストは絶対だし、サー・チャールズが亡くなるのを待って権力の座につくつもりかな」

「でも、ジャスティン伯父様がいるわ」

「威厳を失わず優雅に引退するようにすすめればいいのさ。リアドン支持の人は多いからね。なにしろ前社長の息子だから。それにしても君とジョー・アン二人をうまく張り合わせるとは大したものだよ」

「いい加減なことを言うのはやめて」

「ジョー・アンなんか彼をスーパーマン扱いだ」

「でも、そうかもしれないでしょう？」

「あいつが好きなんだね？」ジェレミーは苦々しげに低く笑った。「初めから気がついていたよ、君もジョー・アンも二人共ね。でも、ジョー・アンのほうがましさ、チャンスがないことを知っているからな。お祖父さんは君しか目に入らないんだって？」

「ジョー・アンが近づこうとしないからよ！」つい、かっとして大声になってしまった。

「愛情をもって働きかけなくちゃ、人間関係はうまくいきやしないわ。お祖父様も人間ですもの、憂鬱なときだって悲しいときだってあるわ。それは確かに強いし、不屈の人に見えることもあるけど、でも、ほかの人と同じに弱いところもあるのよ。ジョー・アンが愛情を見せたことがある？　何もかも全部お祖父様のおかげなのに、お祖父様を抱き締めたこともないし、おやすみのキスをしているのを見たこともないわ、たった一度も！」

「でも、感情に動かされるような人じゃないだろう、サー・チャールズは？」

「そんなことないわよ、情熱家だわ。ただ、家族がだれも理解しようとしないからどんな人かわからないだけ。そうね、会話がとだえているのはお祖父様のせいかもしれないわ。

皆、お祖父様の前に出るとびくびくして小さくなってしまうもの。でも、それじゃいけないんだわ、近づこうとしなくちゃ。だって、お祖父様は皆が豊かに暮らせるようにってあんなに働いてきたんですもの！」

「そんなにどなることないだろう！」ジェレミーはスカイの熱中した口ぶりにショックを受けていた。「まだろくに知りもしないのに君はずいぶんよくわかったようなことを言うんだな」

「当たり前よ」スカイは炎のような髪を揺すり上げた。「私のお祖父様ですもの。愛しているわ」

「ずっとほうりっ放しにされてきたのに？」

「今だってそのままにしておくこともできたのよ。でも、私のお祖父様よ。似ているところがたくさんあるわ」

「スカイ！」急に腕が伸びてきて、あっけに取られていると、いつの間にか砂の上に押し倒されていた。「僕にキスして、お願いだ」

「どうしたっていうの！　やめて！」

「リアドンのせいだ。君は僕のものだったのに」

「なぜ、そうやって人のせいにするの？」けれど、万力のような力で抱き締められ、あとを続けることはできなかった。荒っぽい苦い味のするキス。逃れようにも頭さえ自由に動かせない。

　力を抜いてみよう。そうすれば、ジェレミーも気を許して放してくれるかもしれない。

　案の定、気をよくしたジェレミーは力を緩めた。

「ダーリン、とってもきれいだよ」

　とにかく、なだめてこの場をおさめなければ。「ジェレミー」スカイは理性的な声で静かに始めた。「ちゃんとしてくれないなら帰って。本当にごめんなさい、でも、私、あなたを愛していないの。だけど、あなただって、私の素姓を知らなかったころは、それほど一生懸命じゃなかったでしょう？　あなたは野心家なのよ。いいえ、そうじゃないって言ってもだめ、わかっているんだから」

「ひどいよ、それは。僕は君が欲しいだけなんだ」

「いいえ、違うわ」すみれ色の目が強情そうに光り始めた。「あなたは私の中にあるものを嫌っていた、いつも変えようとしていたわ」

「まあね。君はミニチュアの火山みたいだからな。あんまり気性が激しすぎて、手に負えないこともあるんだよ、君って」

「ジョー・アンは？　あの人ならあなたの気に入るところばかりじゃない？」

「ああ、ジョー・アンはとってもかわいいし魅力的だ。そうか……君、嫉妬していたの？」

ばからしくて答える気にもならず、ゆっくり立ち上がったスカイはそのまま浜辺に沿って駆け出した。トルコブルーのワンピースの水着に豊かな赤い髪が風になびいて、走っていくというより、何かモダンバレエを踊っているようで、ジェレミーでなくてもその後ろ姿をうっとりと見送ったに違いない。

けれど、ジェレミーはすぐに目をそらした。そう、変わったのはスカイだけではなかったのだ。ジョー・アンに関心を持たれているなんて悪い話ではないではないか。悪い話どころか、あれだけ裕福で魅力的な女性が——これは捨てたものではない。しかも何よりいいことは、スカイと違って、男性を尊敬することをちゃんと知っている。そういえば、母さんも、スカイには教育がありすぎて生意気でいけないって言っていた。確かにそうだ。利口で口の達者な女性は扱いにくい。そうだ、決めた！　ジェレミーは寄せては返す白い波に泡立つ真っ青な海に向かって全速力で走り始めた。

息を切らしてスカイは別荘の階段の前で足をとめた。どうしてジェレミーを誘ったりしたのかしら。いっそ溺(おぼ)れてしまえばいいのに！

「おいおい、どうしたんだい？」

からかうような声に目を上げると、階段の上にガイが立っていた。「ああ、ガイ！　来られたのね」

「朝の海辺の魔法のひととき、だね？」

「そうよ」スラックスのポケットに手を突っ込んでゆっくり下りてくるガイ。非の打ちどころがないほどその動作は優雅で、しかも、何一つ見逃すまいというようにまなざしは鋭かった。

「もちろん、ジェレミーの熱を冷ましてやる必要はあったろうけどね」

「まあ、スパイしていたのね！」

「そういういやな言葉は使わないでほしいな」

「ところで、何かわかった？」

「ああ、メイトランド社を分裂させるくらいの大収穫だ」

「どういうこと？」スカイは風に吹かれて目に入った髪を払いながら鋭い声で尋ねた。

「答える前にもう少し考えたいね」

「お祖父様にはもう話したの？」

ガイは遠い目で青い水平線をじっと見つめている。「いや。その時が来たら仕方がないけど、寸刻みに残酷なことをするのは僕の趣味じゃないからね」

「そう……じゃ、もうわかっているのね、だれがやったか？」

「もうずっと前からわかっていたよ」

「妙な話ね」

「ああ」ガイは水平線にすえていた視線をスカイの方に向けた。「ところで、僕がいないところで何をしていたんだい、君？」

「ジェレミーとのことはあなたには関係ないわ」

「そうかな？」

肘をつかんでいたガイの手が手首の方に滑っていく。全身が震えだすようなこの感じ。ジェレミーにはあんなに抱き締められても何も感じなかったというのに……。「ちっともわかってくれないのよ」

「そうだろうな。僕から言おうか、君は僕のほうがいいと言っているって？」

「だめよ、嘘はつけないわ」

「嘘でなくすればいい。そうすれば、ジェレミーも信じるよ」

「そんなこと言わないで！」

「でも、ジェレミーのまるきり方向違いの情熱を黙って見ているわけにはいかないね。今まで気がつかなかったけど、どうやら、僕にもひどく攻撃的なところがあるらしい。もし、もう一度ジェレミーが今朝みたいなことをしたら……鼻がひん曲がることになるな」

「私一人でなんとかできるわ」

「そんなふうには見えなかったがな」なめらかな声の陰に脅しが隠されているようでぞっとする。「あれは……まさか、溺れかけているんじゃ……」

「えっ？　どうかしたの？」スカイははじかれたように後ろを振り返った。

「なんてことだ！」

金髪が波間に浮き沈みしていたかと思うと、次の瞬間、もがくように手が差し上げられた。スカイは一足先に駆け出したガイを追って夢中で走った。

「こむらがえりか何か起こしたんだわ！」

サーフィンをしている人が気づいたらしく、ジェレミーの方に向かったが、かなり距離がある。ジェレミーの頭は泡立つ波間に消えてしまった。

腹立ちまぎれに、溺れてしまえばいいのに、などと心の中で悪態をついたのを思い出し、胸がきゅっとなる。ジェレミーは、水泳は達者なのだ。まさか鮫に追われているなどということは？

けれど、ガイのほうはそんなことは思ってもみないらしく、靴を脱ぎ捨てるや飛び込んで、再び浮かび上がったジェレミーの方に向かって泳ぎ始めた。

「頭がおかしくなったのか、ジェレミー？」腹立たしげに叫んでいる。ガイは、拒絶された腹いせの狂言だと思っているのだ。

ここまで来ればもう顔が見える。いや、ジェレミーのあの顔は狂言ではない。クリケットの試合で追いつめられたとき、あんな顔を見たことがあった。

ガイに続いて飛び込んで、次に顔を出したとき、金髪と黒い髪、二つの頭が並んでいるのが見えた。

それからはなんのこともなく、息をはずませたジェレミーは間もなく浜の白砂の上に横たえられた。

「どう？　大丈夫？」スカイはジェレミーの傍らにひざまずいて心配そうにのぞき込んだ。

「こんな妙なのって見たことないね！」さっき見たサーファーの十七、八の少年もやってきた。

「君もびっくりしたろう？」ガイはぬれた髪をかき上げながら少年を見上げた。

「どきっとした。鮫かと思ったよ。それにしても、すごい速さで泳ぎますね。まさに鉄の男だな」

「しかし、この格好じゃ、笑われても仕方ないな」ガイは体にはりついた服を見て顔をしかめた。

「この人に新しい服を買ってもらうといいですよ。少し無理しすぎたんだね、こむらがえりですか？」

「思いもよらないときに起こるものだろう？」少し落ち着いたジェレミーは仏頂面で言った。

「とにかく、無事でよかった。お祝いでもするんですね」少年は笑った。

「そうね」なんだか体じゅうの力が抜けてしまったようで、スカイはぼんやり傍らのガイを見た。

「記念すべき朝だ。当分忘れられないだろうな！」余裕を取り戻したガイは皮肉っぽくにやりとした。

立ち上がったガイがスカイに手を貸して立たせるのを見て、少年もジェレミーに手を差し出した。「さ、もうちょっとで危なかった人！　こむらがえりだって気づいたら、急いで岸にあがらなきゃな」

「ありがとう。でも、お説教は遠慮しておくよ」

ふくれっ面のジェレミーに、少年は眉をつり上げてガイを見た。「この次はほうっておくんですね」

「そうはいかないな。家には代々、溺れかけた人を救う伝統があるものでね」

「また明日、会えるといいな」

「君も注意してやれよ」ガイはサーフボードを取り上げた少年にウインクした。

一部始終を聞いたジョー・アンは青くなった。「まあ！　そんなひどい目にあったの、ジェレミー！　寝ていたほうがいいわ」

「ああ、十分ほど横になっているよ。なにしろ急だったから、ガイがいてくれて助かった」赤みが戻った頬に金髪の巻き毛が戯れ、こうして見ると、ジェレミーは確かに母性本能をくすぐる。それと正反対なのが戸口に立ったガイだ。浅黒く男性的で、ここまで対照的な二人も珍しいだろう。

「さあ、こっちへ来てやすまないと」ジョー・アンはジェレミーから一瞬も目を離そうとはしない。「アスピリンを飲んだほうがいいんじゃない?」

「どういうことかわかる?」ジェレミーとジョー・アンが出ていったドアを見ながら、スカイは首をかしげた。

「彼にきいてみたら、ダーリン? とにかく、ジェレミーもけっこう隅に置けないってことさ」

とんだハプニングで始まったが、その日はすばらしい一日になった。おいしい朝食で元気を回復したジェレミーのおかげで一座には笑い声が絶えなかった。のんびり日光浴をして気が向けば泳いで半日があっという間にたち、午後からは皆そろって買い物がてら町へ散歩に出かけた。

「お食事はあのレストランがいいんじゃない?」

はしゃいだジョー・アンの声にガイは穏やかに答えた。「君たち二人で行きたまえ。僕とスカイは母と一緒に退屈ないつもどおりの夕食にするよ」

「ここにお呼びするわけにはいかないかな?」ジェレミーの提案にジョー・アンは顔をしかめたが、その必要はなかった。

「いや、ここのところ、母は料理にこっていてね」

とはいえ、実際に料理を引き受けたのはスカイだった。学校を出てすぐ嫁いだアントーニアは育ちのせいもあって料理の腕をみがくチャンスがないまま、長いこと使用人まかせの日々を送ってきた。今も掃除の人を頼んでいるし、食料品も配達してもらうというわけで、家事は苦手の一つだった。

「とってもおいしかったよ」食事もすみ、居間に移ると、ガイはソファに長々と手足を伸ばした。「君を奥さんにする男は鼻が高いだろうな」

「それはそうよ」スカイはいたずらっぽくアントーニアにウインクしてみせた。「なにしろ、美人で頭がよくて魅力的なうえに料理もうまいし、子供も大好きなんですもの」

「完全無欠みたいだね、スカイ?」きらきら輝くグレーの目がじっと見つめている。「すごくロマンチックな月夜だ。あと片づけをしたら散歩しようよ」

「あと片づけならいいのよ、私もそのくらいできるから」アントーニアがほほ笑んだ。

「いいんだよ、トーニア。皿洗いなんか嫌いなこと、ちゃんと知っているからね」

「でも、この家では別よ。楽しかったわね、長い休暇をここで……覚えている?」アントーニアはふっと吐息をついた。

「覚えているとも。どうかな、今年のクリスマスはここでっていうのは?」

そうだった、今年は父なしでクリスマスを……。父のことを思い出すともうだめ。スカイはなんとか涙を抑えようと、しきりにまばたきをしながら台所に向かった。

「スカイ?」

「大丈夫よ、皿洗い機を使えばすぐ片づくわ」涙を見られるのがいやさに顔をそむけたスカイは、ことさら軽い調子で言った。

「そうだね」もちろん、悲しみに曇った顔に気づかないはずはないが、ガイは気をきかせてくれた。「ジョー・アンとジェレミー、今ごろ何をしているんだろうな」

「気になる? 彼女をスムースに引き渡せてよかったじゃないの!」スカイは思わずほほ笑んだ。

「本当だ。ジョー・アンには夢中で世話をやける相手が必要なんだ。中にはそういうのにうんざりする男もいるけど、ジェレミーならぴったりだ」

9

なめらかなベルベットを思わせる夜空にまばゆくきらめく銀河。その中でもひときわ輝くケンタウルス座、そのすぐそばの南十字星、オリオンの三つ星の延長線上にあるおおいぬ座のシリウス、そしてりゅうこつ座のカノープス……。耳を澄ませば永遠の音楽が聞こえてきそうだ。

「すばらしいわ」スカイは荘厳さに打たれたように低くつぶやいた。

「ああ、ここではいつもこうだよ。僕は、原住民のつけた星の名前が好きなんだ。銀河はライルガーリリア、南十字星はジランジョーンガ。子供のころはよくバルコニーで何時間も星を眺めて過ごしたものさ。ギリシア神話を思い出しながらね」

「きれいすぎてちょっと悲しくなるわ。時間ってすぐ過ぎてしまう。私たちにはほんのわずかな時しか与えられていないのね」

「その中で幸せになるには……ぴったりの相手を探さなくちゃ」

「それがむずかしいのよ。それに見つけたときはもう手遅れってこともあるし」右手の海から吹き寄せる微風、そして足首を洗うひんやりしたさざ波――こうしたすべてが一緒になってスカイの心を甘い悲しみで満たしていった。

「気持が沈んでいるんだね、ダーリン」

「なぜ、ダーリンって呼ぶの？」

「正直言って、君のことをそう思っているからさ」

「そんなに簡単に言っていいのかしら？」

「簡単なんかじゃないよ」

「だって、私にはわからないもの。あなたのことは本当のお友達だと思っているわ。でも、あなたがどんな人かほとんど知らないのよ。通りすがりの人って言ってもいいくらい」

「長くつき合っていれば、それでその人のことがわかるっていうのかい？」

「そうだと思うわ。例えば、ジェレミーね」

「続けて」

「あなた、だれかに恋をしたことある？」

「そうだな……十七の夏、夢中になったことがある。でも、そういう経験のない人なんていやしないだろう？」

「何があったの？」

「思い出せないな。とにかく、その夏は終わって、僕は大学に行ったよ」

「それ以来、真剣なのは何も？」

「もう三十四だ、遊びの恋はいくらもあったよ、もちろん。でも、結婚なんて考えたこともなかった。だれかを愛するなんて僕にはできないような気がしていたんだ」

「選り好みが激しいみたいね」

「そうなんだ」ガイはスカイの肩にまわした腕に力を入れた。「ところが、ある日、一人の女性が現れたってわけさ。ものすごく不幸で、ろくに僕の方なんか見向きもしなかった」

急に、怖いほど胸がどきどきし始めて、スカイは手を振りきって駆け出した。今ここで気持を見抜かれたらおしまい。もう引き返せなくなる……。

「スカイ！」もちろんどこにも逃げ場はなく、すぐに追いつかれてしまった。「僕が怖かったの？」

「そうよ」息を切らして、スカイはしっかりつかまれた手首に目を落とした。

「僕たちにはほんの少しの時しか与えられていないって言ったね。だから、僕はむだ遣いしたくないんだ。君が欲しい、スカイ、苦しくなるほどだよ」

「でも……私を愛している？」

「そうなんだろうな。君がどこかに行くと、僕は必ず追っていくからね」

「私を求めるのは別の理由でとばっかり……」スカイはきっぱりと顔を上げた。「勝ちたいっていうだけじゃない?」

「勝ちたいってわけじゃない、僕は勝つんだ。でも、だからって、君は自分をゲームの賞品か何かのように思うことはない。すれ違う車の中でちらっと見ただけでも、君が欲しいと思うだろうな。メイトランドであろうがなかろうがかまうものか」

「あなた、怒っているのね」

「ああ、君が何を考えているか想像がつくからね」

「だったら、私が平然としていられないのもわかるでしょう?」興奮に頬を染め、目をきらきらさせてスカイは挑戦するようにグレーの目を真っすぐに見つめた。

「黙って。今は話したい気分じゃないんだ」

いきなり軽々と抱き上げられて、気がついたときにはスカイはガイの首に手をまわしていた。めまいのような感覚に必死で打ち勝とうとしたが、風に吹き散らされてしまったように、一かけらの抗議の言葉も浮かんではこなかった。

だいたいの場所の見当をつけておいたのだろうか、連れていかれたのは柔らかな草のある岩陰だった。

「ガイ?」

「なんだい?」低いせっぱつまった声が答えた。

「わからないの?」こんなにおびえているのにわからないはずはない。

「大丈夫、怖がることはないんだよ」

　ガイの言ったとおり、不安はすぐに激しい情熱に押し流されていった。血がわき立っているようで、冷たい夜風も灼熱の炎を鎮めることはできない。うるしのような闇の中で頭も体も白々と燃えさかっている。ガイとのきずなは強く、どこを探してもほかにはない特別のものだった。

　ほんの数センチのところに唇がある。手が別の生き物のようにひとりでに動き、首にしっかり絡みついていった。かすかな吐息が聞こえ、次の瞬間、唇が重ねられて、大波のうねりにのみ込まれたようにスカイは甘美な夢心地の中を漂っていた。

「だめだ、こんなところじゃ」低くかすれた声が聞こえてきたが、答えようにも声が出ない。「こんなところで君を抱くなんてとんでもない」

「わかったわ」やっとの思いでそれだけ言ったが、動こうにも体に力が入らない。

「君の持っている力にはとても逆らえない。信じられないよ」肩に顔を押し当てたまま、くぐもった声でささやいた。

「やっぱり、あなたは腹を立てているわ」再び情熱的な唇が下りてきて、気持の収拾のつかなくなったスカイはすすり泣き始めた。「私たち、どうしたらいいの、ガイ?」

　ガイは暗闇にほの白く浮かび上がったスカイの顔を長いことじっと見つめた。「初めて会ったときから避けられないことだったんだ。あのとき僕はもう決めていた」

「だったら、なぜ、そう言ってくれなかったの？」

「君にも時間をあげたほうがいいと思ったからね。君のすべてを僕のものにするなんて、本当にできるのかな？」

「なんのことを言っているの？」

「もし、今夜、君を部屋から連れ出したら、僕たちの子供ができるかな？」

「そうしたい？」

「ああ。断然イエスだ。でも、まだ今はいい。二人だけの時が欲しいからね。しばらくの間、そうだな、少なくとも一年くらいは」

「じゃ、あの……私と結婚したいってこと？」ショックが大きすぎて涙がとまってしまった。

「決まっているだろう、わからないふりなんかしないでくれ！」

「でも、急すぎるわ！」

「じゃ、半年後だ。どうしても君が欲しいんだよ」

「なんて言ったらいいか……夢みたいで……」

「僕だって夢にも思わなかったよ。きれいなだけじゃない、勇気があって利口で……とにかく、君のすべてを発見したいんだ」

「胸がこんなにどきどきしているわ。聞こえる？」

　ガイはゆっくりと胸もとに耳をつけた。「ああ、とってもよく！　それにしても、こんなに情熱をかき立てられた相手が臆病なバージンだなんて信じられないよ」

「それじゃ、経験豊かな人のほうがよかったの？」

「そんなことはない。それに、君にはまだ目覚めていないすばらしい力があるんだ。いつになったら僕のものになってくれるか計算できたかい？」

「ええ、それはいつでも。だけど、あなたのお母様の別荘ではだめよ。そんなことしたら、自分で自分が許せなくなるわ」

「よし、それじゃ、今は戻ろう」

「ガイ……」かすれた小さな声でつぶやく。助け起こされて立つには立ったが、足に力が入らず、こうして支えられていなければくずおれそうだ。

「いいよ。今夜はリモート・コントロールで君と愛し合うことにしよう。明日目が覚めたとき、きっとだれかがずっとそばにいたような気がするよ」


　続く一週間、サー・チャールズはそわそわと落ち着きがなく、一度にいくつも年を取ってしまったように見えた。五千万ドルを投入しての新しいプロジェクトの詳細がだれかの手で競争相手に渡されたというショッキングな事件は、関連会社だけでなく、あっという間に市当局にまで広まっていた。手を打つのが早かったので、幸い実質的な損害はなかったが、そのだれかが頭痛の種だった。気の毒なお祖父様――いずれにしても幹部の者に違いないので、さぞ頭を悩ましていることだろう。

「ばかな、ガイがこんなことをするものか」ガイなら極秘書類を自由に出し入れできるという点を強調して彼を目の敵にしているジャスティン伯父がほのめかすのを聞いて、祖父はうつろな笑い声をあげた。

当たり前だが、家じゅうどこへ行ってもこの話題で持ちきりだった。

「万一、ガイが今度のことに関係しているとしたら」ウォーレンもさすがにいつものようにのほほんとはしていられないらしい。「お祖父様が見つけるさ。でも、パパも言っていたけど、確かにこの二年、ガイは力をつけてきたよな。極秘書類を持っているところも何度か見かけたし」

「でも、そんなのおかしいわ。だって自分が手がけてきたプロジェクトをぼつにすることになるのよ」自分の声が怒りに震えているのに気づいたスカイは唖然とした。「なんだか、ジャスティン伯父様がわざとこの噂を流しているような気がしてならないんだけど」

「なぜ、そんなことを言うんだい？　君は会社のことなんかこれっぽっちも知りやしないじゃないか。パパはいつも、ガイは僕たちをやっつけるチャンスをねらっているって言っているよ」

「だけど、ガイはこんな卑劣なやり方はしないわ」

「そう言うけど、考えてごらん、つじつまが合うから……」

だれが犯人にしろ、今度のことは危険な賭だ。祖父はもっと大変だろうが、この緊迫した日々が長引けば、スカイも間違いなく神経が参ってしまう。ジャスティン伯父は相変わらずガイの名をほのめかしていた。

考えすぎて頭が痛くなるほど考えた。動機は、もちろん父の企業王国を一挙に取り戻そうということだろう。だが、あんなに強いガイがこんな卑劣なことをするものだろうか？人並み外れて自信も能力もあるガイはなにもこういう手段に頼らなくても、必ず望みのものは手に入れるに違いない。ガイが泥棒呼ばわりされるなんて！　いやな話ばかりのこの一週間の長かったことといったら！　夕食の席でジャスティン伯父が得意げに〝つじつまが合う〟などと言うのを聞くと、むしずが走る思いがしたものだ。こういう中で、平然と普段のペースを崩さないのはサー・チャールズとガイの二人だけだ。

いつものようにアントーニアとお昼に会う約束の日が来た。

「ガイは、犯人がだれか知っているわ」

「それなら、なぜ言わないんでしょう？」

「じきに言いますよ」アントーニアの大きな目は不思議な表情をたたえて輝いていた。

「でも、あの書類のコピーを取った人はだれにしろ、不注意であまり利口じゃないってガイは言っているわ」

その夜、おやすみを言いに書斎に入っていくと、祖父はうつむき、疲れたしぐさで目を押さえていた。

「元気を出して、ね?」スカイはいつものように、大きな革張りの肘かけ椅子の肘かけにちょこんと腰を下ろした。「今度のことは産業スパイというだけじゃなくて、何かあるのかしら?」

「ジャスティンはガイのことをしきりに言っているが……」

「ガイのはずはないわ、お祖父様」

「なるほど、おまえはガイの味方だものな」

「それは……」こんなにあっさり見透かされてしまうなんて。スカイはぱっと頬を染めた。

「いいんだよ、隠さなくても。ガイに恋をしているね? ガイの気持は最初から知っていたよ。会う前からもうおまえを愛することに決めていたみたいだった。これも運命かと思ったものだ。私自身はそっちの方面にはうといんだが、目の前で起こったんでは、気づかないわけにはいかないさ。ガイの父親がトーニアを私の息子から奪ったときのことを思い出すよ」

「あの……ジャスティン伯父様から?」

「驚いたな、今まで知らなかったのかい? ジャスティンはそれ以来自分のからに閉じこもってしまって、もう二度と出てこようとはしなかった。リアドンとは比べものにならないにしても、あれはあれでなかなかハンサムだったよ。もちろん、ジュリアンほど切れはしないが、でも、本当にトーニアを愛していた」

「知らなかったわ」

「全部を知っている者なんかいやしないよ。私も、まだいくつかつらい思いをしなければならんだろう。皆、それぞれの荷を負っているのさ」

翌日の晩、思いがけずガイがやってきた。彼が入ってきた瞬間、居合わせた者は皆、何か決定的なことが起こったのを知った。

「ガイ、どうかなさったの?」迎えに出たフェリシティは哀願するような表情を浮かべて、微笑の影もない厳しい顔を見上げた。

「サー・チャールズから説明していただくほうがいいでしょう。いらっしゃいますか?」

どこかうわの空のような声。なにげなく顔を上げたガイは、いやな予感に階段の途中にくぎづけになっているスカイを見つけ、二人の視線は絡み合った。ぎらぎら燃えている銀色の目。けれど、そこからは何も読み取れない。エレガントなスーツに黒のブリーフケース――ということは会社から直接来たのだろうか?

「やあ、ガイか」書斎のドアが開いて、出てきたサー・チャールズは、鋭いまなざしでブリーフケースをちらりと見た。「来たまえ、早く片づけてしまおう」

「フェリシティ伯母様、どうかなさったの?」石になったように身動きもしない伯母の様子が気になって、スカイは不安そうに尋ねた。

「ね、これがどういうことかわかる?」フェリシティは目に涙を浮かべてゆっくり振り向いた。「ガイはだれかを十字架につけようとしているのよ」

「そんな残酷なことをする人じゃありませんわ。何をそんなに心配していらっしゃるの?」

「どうしたらいいのかしら、スカイ?」

「ジャスティン伯父様のことですわね?」

「あの人、どこにいるのかしら?」フェリシティは思い出したように震え声でつぶやいた。

「お忙しい方ですもの」

「そんなこと言っているんじゃないのよ。私はもう長いこと、ジャスティンが破滅に向かっているような気がしていたんですよ。あなた、ジャスティンとガイのお母様のことをご存じ?」

「ええ、お祖父様から……」

「そうなの、あの人、気が狂うほど愛していたわ」フェリシティは苦しそうに細い小作りな顔をゆがめた。「こうなるより仕方がなかったのよ。嫉妬(しっと)は人をめちゃめちゃにしてしまうものだわ。でも、こんなこと、あなたには関係ないかもしれないわね。あなたは人を許すことができるんですもの。これはメイトランドの血筋にはないものよ」

スカイはフェリシティの手を取り、そっと握り締めた。「ジャスティン伯父様がこの件に関係しているっておっしゃりたいんですか？」

「ガイは関係ありませんよ。正々堂々とやってなんでも手に入れることのできる人ですものね。あの人のアイディア一つでメイトランド社がどれだけ大きな収益をあげることができたか。それどころか、今やっている医療機器の開発が成功すれば、それこそ人類に大きな貢献をすることになるでしょうし。ガイは小細工をする必要なんかないのよ。ミルトンは悪魔のことをなんて言っていたかしら？」

「〝天にて仕うるよりは地獄にて王者たらん〟ですか？」

「わかっているのよ、私には」フェリシティはスカイにというよりも自分に言い聞かせるように抑揚のない声で続けた。「リアドンの株が下がるような細工をしたり噂を流したりしたのはジャスティンなのよ。あれは皆、お祖父様がしたことになっているけど、そうじゃないわ。お祖父様はフェアな方ですもの。それはお祖父様なりに容赦なくなさるけど、私はジュリアンのことはお祖父様の責任とは思っていませんよ」

「それじゃ、だれの責任なんだい？」冷ややかな声に振り返るとジャスティンだった。

「あら、お帰りでしたの」フェリシティはさっと青ざめた。

「もっと聞かせてもらいたいな」ジャスティンは腰を下ろそうとはせず、キャビネットに行って飲み物を作った。

「あなた……ガイが来ていますのよ」

「そうか」

「ですから……なぜ、来たかですわ」

「辞表を出しにだろう」

「そうは思えませんわ」

「今までずっとリアドンを片づけることに専念してきたんだ」

「あの人たちをめちゃめちゃにしてもですか？」スカイはこわばった声で初めて口をはさんだ。

「君には関係ないと思うがね」

「いいえ、関係あります。ガイに結婚を申し込まれましたから」

フェリシティは眉一つ動かさなかったが、ジャスティンは安楽椅子に腰を下ろすと、不愉快な笑い声をあげた。「それは驚いたな！」

「ですから、私はガイの味方です」

「そうだろうとも。リアドン家の男はメイトランドの女にもてるからな」

「何をおっしゃるの、私はあなたの妻ですわ」

「そうだったな。でも、そのわりにはずいぶん派手に浮気していたじゃないか」

「浮気だなんて、誤解していらっしゃるのよ。少しでも女性だって思いたいためのつまらない気晴らしでしたもの。あなたのほうこそ、私のことなんか少しも……」

気配に三人そろってドアに目をやると、なんとも情けない顔をしたウォーレンだった。

「パパ、書斎に来てくれって」

ジャスティンは黙って立ち上がると、ネクタイを直し、そのまま大股に出ていった。

茫然（ぼうぜん）と後ろ姿を見送って目を戻すと、フェリシティが声を抑えてすすり泣いている。

「ママ、ひどいことになったよ。わかるかい？」悲痛な面持ちのウォーレンが抑えた声で言った。

「でも、うちうちのことじゃないの！」答えることのできないフェリシティを見ているうちに、やりきれない気持になってスカイは言った。「ね、私たちの間でなんとかできるんじゃない？」

「だめだ、ガイがうんとは言わないよ」

「そんな！」スカイは力なく座り込んだ。ガイの厳しい顔が目に浮かぶ。リアドン家も今のメイトランド家に劣らず苦しんだのだ。

「彼をなだめられるのは君だけなんだよ、スカイ」ウォーレンは顔を赤くして言いにくそうに口ごもった。「その……君はガイが気に入っているただ一人のメイトランドの人間なんだ。ユリアンが死んだって信じ込んでいるからな」

ユリアン。僕たちを一握りで握りつぶすなんて、ガイにとっては朝飯前さ。僕たちのせいでジ

「あなたは少しも悪くないわ、ウォーレン。それにフェリシティ伯母様もジョー・アンも。皆、何も悪いことなんかしていないのよ。だから、心配することないわ」

「ここに入ってきたときのガイを見ただろう？　たとえ親友だって容赦なく死刑にするさ」

「あなたはガイのことを知らないのよ。きっと何か方法があるはずだわ」

「どっちにしてもパパはおしまいさ」

息をひそめるようにして、やっと一時間ほどたち、ガイが書斎から出てきた。みかげ石にでも刻み込まれたような厳しい顔。取りつく島もなさそうだ。けれど、スカイはすぐにあとを追った。

「私にも一言も言わないで行っちゃうの？」

「それは僕のせりふだ。君のほうこそ、話しかけようともしなかったろう？」

「だって、あなた、近寄りがたく見えたんですもの」

「そういう気分だったものでね」

「一緒に行っちゃいけない？　お願い」

「僕のしたことがわかっているのかい？」

「ええ」

グレーの目がみるみる陰って、渦巻く嵐（あらし）の中をのぞき込んでいるような心地がしてくる。「そうか、何か欲しいものがあるんだろう、スカイ？」

氷のような声に、スカイは腕をつかんでいた手をおずおずと引っ込めた。「そう、今は私もメイトランドの一人にしか見えないのね？」

「君にはサー・チャールズの血が流れているよ」ガイは強情そうに見上げている目を無感動に見つめ返した。「僕と取り引きしようっていうのか？」

「その顔をぴしゃりとやりたいところだわ！」

「そこまでばかじゃないはずだ。確かにメイトランドの一員には違いないが、できは一番いいからな」

「一緒に行くわ、ガイ」

「後悔するかもしれなくても？」

「それは私の問題よ。自分でなんとかします」

ガイは一歩あとずさると、皮肉っぽく恭しいおじぎをした。「どうぞ居間へお入りください、と蜘蛛（くも）は蠅（はえ）に言いましたってとこだな」

「どこに行くの？」車の中でスカイは尋ねた。ずいぶんスピードを出しているし、スカイのことなど忘れてしまったように見向きもしない。

「僕のところさ、わかっているはずだよ」

「別のところじゃいけない？　アントーニアのところとか？」

「だめだ。それとも、降りるか？」

「ジャスティン伯父様なのね？」

「裏切りは最低さ。相手が父親であれ、ひどいことをされたと勝手に誤解している相手であれ」

「私をだれかに取られたら？　どんな気がする？」

「そいつを殺してから教えてやるよ」

「ほら、そうでしょう？」

「よしてくれ。母は一度もジャスティン・メイトランドを愛したことなんかない。ほんの短い一時期、まんざら嫌いじゃないような気がしたこともあるって言っていたけど――君のジェレミーと同じさ。なんと言ってもだめだ、きけないね。あいつを追いつめるのに五年もかかったんだ」

「あの……もう一つだけきいていい？」

「だめだ」

　それからは重苦しい沈黙が続いた。残酷な復讐をしてもあと味が悪いだけなのに、なんとか思いとどまらせる方法はないだろうか？　だが、伯父も伯父だ、道徳観念というものがなさすぎる。よりによって父と息子二代をおとしいれようとするなんて……。

　ガイのフラットもアントーニアのところと同様、すばらしい海の景色が一望のもとに見渡せた。都会風に洗練されたシックな趣味で統一されたインテリア、そこここにある絵や彫刻など、事情が違ったら歓声をあげるところなのだが、今はそれどころではない。

「そうかしこまって小さくなることはないだろう」

「小さくなってなんかいないわ」

「そうだな、君はそんなことはしない。ところで、なんのためにここに来たんだ、スカイ？」

スカイは真剣な表情でグレーの目を真っすぐに見つめた。「あなたと一緒にいたかったからよ。何がどうなっているのか知りたいし、お祖父様や皆を愛しているから。でも、中でも一番は……あなたのことが気になるから」

「ありがとう、ダーリン、なかなか大したスピーチだったよ」

ガイについてバルコニーに出ると、星々のきらめきと、港にともる赤、緑、黄色といった色とりどりの灯に、黒い夜は豪華な宝石箱のようだった。

「スピーチじゃないわ、私の心が感じていることをそのまま言っただけよ」

「なるほど、君の心ね。どんなふうなんだい？　君は一度も僕を愛しているとは言ってくれないけど」

「あなただって一度も言ってくれないわ」

「さあ、僕のところに来て」

スカイは情熱を潜めた厳しい顔をじっと見つめた。「愛しているわ」

「今なら言いやすいだろう」

「もう一度言いましょうか?」怖いほど力にあふれているのに、この人は今、なんて静かに立っているのだろう。スカイはゆっくりガイの方に近づいていった。

「ああ」だが、ガイは手を差し伸べようともしない。

「あなたを愛しているわ、ガイ」

「じゃ、僕がいつと言ったら、そのときに結婚するってことだね?」

「そうよ。でも……はっきりさせましょうよ」

「何を?」今夜初めて頬に手を触れたが、お世辞にも優しいとは言いかねるやり方だった。

「後悔しているのね?」

「いいや、よかったと思っているよ、ダーリン」ガイは苦々しい声で言った。「ここのところはわかってほしいな。いや、待てよ、君は新発見の愛情に夢中になっていないのかもしれないな」

「私を傷つけたいのね?」鈍い悲しみがじわじわと全身に広がっていく。

「君を傷つける?　ずっと待っていたのに?」

「わかるわ、ガイ」

「そうかな?」

底の方に荒々しさを秘めた聞き慣れた声、炎がちらちら躍っているような深いグレーの目。涙があふれてきたが、スカイは抑えようともしなかった。

「ジャスティン伯父様を許してあげて。お祖父様にまかせて。お祖父様はちゃんとするわ、わかっているはずよ」

唇が重ねられたが、安心する間もなく、すぐに離れていってしまった。ぬくもりを感じていたくて夢中で腕を首にまわすと、いきなり抱き上げられ、下ろされたところは寝室の大きなベッドだった。

やはりこういうことになってしまった。だが、ガイをとめることはできない。とめたいとも思わない。一目見てすぐ心を奪われてしまったのだから。

「僕には君が必要なんだ、とても」

「愛しているわ。どんなことがあっても、私、あなたのそばにいる」

「黙って。君はきれいだ。きれいすぎて、君のいるところでは何も考えられない」

「愛しているわ」

「今夜はここにいてくれ。もうあと一晩でも君なしには過ごせそうにないよ」

「だめよ、お祖父様がいるもの」

「一人で闘えばいいんだ」

「もう、お年なのよ。そんなことしたら破滅だわ」

「でも、息子が僕を破滅させようとしたんだよ」

「いいえ、お祖父様は知っているわ、最後に勝つのはだれか。それから、会社を継ぐのはだれかも。これからは一生あなたのそばにいるのよ。でも、今夜はどうしても帰らなくちゃ」

「もし、外に出さないって言ったら？」

「お願い、お祖父様にまかせるって言ってちょうだい。あなたは残酷なことのできる人じゃないわ。自分でもわかっているはずよ」

「そんなことはない。君にはわかっていないんだ」

「ね、私の目を見て」

「いやだ、溺(おぼ)れると怖いからね」

「リアドンとメイトランドとでもう一度やり直しましょうよ。そうよ、だれも邪魔する人はいないわ」

「でも、あいつのことを考えると！」

「もう片はついたはずよ」

「そうだな」ガイは長いことすみれ色の目の中をのぞき込んでいたが、やがてぽつりとつぶやいた。

「お祖父様にあと始末をさせてあげて。お祖父様はメイトランドそのものだし、ジャステイン伯父様の父親なのよ」

「わかった。じゃ、言うことをきいたら、君の服を脱がせてもいいかい？」

「ええ、結婚したらいつでもね」

「そんなに待てないよ」

「いいえ、大丈夫よ。ほんの何週間かのことですもの」

「からかわないでくれ、スカイ」

「からかってなんかいないわ。それに……私だって、そう長くは待てないもの」

愛情にきらきら輝くすみれ色の目を見つめているうちにガイの表情は少しずつ和らいでベールをはぐように苦々しさが消え、その目に晴れやかな幸福感が輝きだした。

「愛しているわ、ガイ。さあ、トーニアのところに報告に行きましょう」

●本書は、1986年1月に小社より刊行された作品を文庫化したものです。

和　解

2025年1月15日発行　第1刷

著　　者／マーガレット・ウェイ

訳　　者／中原もえ（なかはら　もえ）

発 行 人／鈴木幸辰

発 行 所／株式会社ハーパーコリンズ・ジャパン
東京都千代田区大手町1-5-1
電話／04-2951-2000（注文）
0570-008091（読者サービス係）

印刷・製本／中央精版印刷株式会社

表紙写真／© Andriy Petrenko | Dreamstime.com

ISBN978-4-596-72108-2